〔德国〕保尔·海泽 ◎ 著

舒 莎 马婷婷 ◎ 译

骄傲的姑娘

海峡出版发行集团 海峡文艺出版社
THE STRAITS PUBLISHING & DISTRIBUTING GROUP Haixia Literature & Art Publishing House

图书在版编目(CIP)数据

骄傲的姑娘/(德)保尔·海泽著;舒莎,马婷婷译. —福州:海峡文艺出版社,2017.8(2023.9重印)
(诺贝尔文学奖大系)
ISBN 978-7-5550-1185-9

Ⅰ.①骄… Ⅱ.①保…②舒…③马… Ⅲ.①中篇小说－小说集－德国－近代②短篇小说－小说集－德国－近代 Ⅳ.①I516.44

中国版本图书馆 CIP 数据核字(2017)第 144592 号

诺贝尔文学奖大系

骄傲的姑娘

[德国]保尔·海泽 著 舒莎 马婷婷 译

责任编辑 李永远
出版发行 海峡文艺出版社
经　　销 福建新华发行(集团)有限责任公司
社　　址 福州市东水路 76 号 14 层
发 行 部 0591－87536797
印　　刷 福州俊丰彩印有限公司
地　　址 福州市晋安区鼓山镇鼓一村福光路 189 号
开　　本 889 毫米×1194 毫米　1/32
字　　数 141 千字
印　　张 6.25
版　　次 2017 年 8 月第 1 版
印　　次 2023 年 9 月第 4 次印刷
书　　号 ISBN 978-7-5550-1185-9
定　　价 39.00 元

颁奖辞

瑞典文学院常务秘书　C.D.威尔逊

得到本届诺贝尔文学奖提名的有好几位作家，他们来自不同的国家却同样负有盛名，但是瑞典文学院已经决定将诺贝尔文学奖授予其中一位作家。而且他的提名得到了德国六十多位来自哲学、文化、艺术等领域学者的支持，这个人就是保尔·海泽。听到这个名字的时候，我们脑海中对于青春与年轻的记忆一定会被唤起，特别是在他的短篇小说中所体现出来的那种让人惊喜的文学素养。尽管如今的他早已上了年纪，但却依然精神十足，充满活力。如果评委会决定将这个奖颁给一部最具有文学代表性的作品，那么我们一定无法忽视他的存在。在评委会面前，年龄并不是问题，影响评判的只有一个因素，那就是作品的真正价值。

1830年，保尔·海泽出生在柏林。他的父亲卡尔·威廉·海泽是一位著名的语言学家，威廉·海泽的性格坚强而迷人，给幼年的海泽带来了巨大的影响。海泽的母亲是一位犹太人，她想尽办法保留住海泽身上那种活泼而乐观积极的性格。或许是因为受到家庭无微不至的关爱，海泽对于大自然有一种发自内心的热爱。因为具有超强的学习能力，他的学生生涯也结束得特别快，他在柏林学习过一段时间，而后去了波恩大学研究浪漫小说语言学，并在1852年获得了博士学位。在这之后，海泽用自己获得的奖学金到意大利旅游，从而学会了意大利语并精通意大利文学。紧接着他的一位支持者盖伯尔为他介绍了一位艺术史学者的女儿玛格丽特·库格勒，不久之后他便与这位女士订了婚。在他找不到工作的时候，盖伯尔又一次帮助了他，给了他在物质上的极大帮助。盖伯尔还为他介绍了一个挂名教授的工作，他所要做的唯一工作就是参与国王在晚上召开的文学会。1854年5月15日，他迎娶了玛格丽特，并与妻子在慕尼黑定居，除了有时会去他一生所钟爱的意大利短期旅行外，他的一生基本上都在慕尼黑度过。在这之后他变成了文化圈中的核心人物。在海泽的传记中对他这段婚姻的描写，只说了在玛格丽特去世之后，他又娶了迷人的安娜·舒巴特。

在1855—1862年这段时间里，海泽完成了他第一本散文体小说，总共分成四部分，凭借此书他成了这类书的著名作家。海泽所有的小说中，《骄傲的姑娘》（1853年）尤其值得推荐；《安德雷亚·德尔芬》（1859年）则有着浓郁的威尼斯情怀；给人带来震撼感的《尼瑞娜》（1875年），则讲述的是莱奥帕尔迪[①]的故事；海泽还有寓意深刻的《一位母亲的画像》（1859年）以及不可思议地描绘诗人的小说《马利翁》（1855年）。在他的小说中，海泽坚持自己的严谨性，不趋炎附势、

---

① 莱奥帕尔迪（1798—1837），意大利诗人，其主要作品有《思想》之类的生活感想。

刻意地去创造出某种氛围。在海泽的关于《小说的文学价值》一书中，他写道："一部文学作品应该能够展现人物的生活状态，但并非是琐碎的生活片段，应该能够展现其人性方面的另一面。那些视野狭隘的故事内容要紧凑。"

全世界都应当承认的是，海泽是现代心理小说当之无愧的第一人。在他的小说中，一般看不到太强的倾向性。这或许就是我们特别喜爱他那两部以客观见长的小说——《人间孩童》（1872 年）和《在天堂》（1875 年）的原因。这两部小说讨论的是道德层面的问题。《人间孩童》说的是要在狭隘的教条里寻找到自身的立足点，《在天堂》说的是与清教徒的对抗方法。这两部小说中处处体现出了海泽的人道主义精神。《在天堂》中还提到了慕尼黑的艺术家。而《反潮流》（1904 年）中，海泽极为勇敢地用反抗的姿态，与难以根除的偏见相对抗。《维纳斯的诞生》（1909 年）中有一种独特的显露在外的青春气息，这本于 1909 年出版的书用了双重的手法，一方面在禁欲主义精神里面尽力地维护艺术的自由，另一方面对世俗化的自然主义进行批判，这体现了他一生所坚持的对于美的追寻态度。

不管怎么说，海泽不单单只是一个小说家，他同时也是德国最为著名的抒情诗人之一。他合理地运用韵文，将小说的风格明朗化。他使用了一种叫作"三行体"的诗体，在他的这些作品中，《火怪》（1879 年）让人印象格外深刻。尽管他的重心未放在戏剧上面，但是他在创作戏剧方面的才能也是有目共睹的。《科尔伯格》（1865年）具有强烈的爱国情感，《哈德里恩》则经典而可爱。在这部戏剧中，海泽用一种特别的手法来表达哈德里恩的快乐与悲伤。

海泽有着十分独特的品位。尽管他非常喜欢朋友易卜生的《觊觎王位的人》和《海尔格兰的海盗》，但是却对《群鬼》和此后象征主义戏剧没有任何兴趣。他有很深厚的音乐功底，但是相比较之下，他对瓦格纳的喜爱就远比不上对贝多芬、莫扎特、舒伯特、肖邦、勃拉姆斯这些人的喜爱。

每当站在人生的岔路口上，海泽都能保持自我独立。当时他的一位朋友盖伯尔给威廉国王写了一封信，阐明希望自己生活的德国能够在普鲁士的领导下完成统一。作为一名宫廷诗人，盖伯尔被停职了。得知此事的海泽也写了一封请辞信，他的内心无比赞同盖伯尔所说的每一句话，而他也愿意为朋友分担一部分不幸。

同时，海泽在意大利也享有盛名。他那些完美的翻译作品在德国刮起了一阵意大利文学的风潮。比如莱奥帕尔迪、曼佐尼①、佛斯哥洛②、蒙蒂③、巴利尼④、朱斯蒂⑤这些人的作品被普遍阅读，并广受好评，这无疑应当归功于他。

但是如果你因此而认为海泽是一个头戴桂冠、被命运之神垂青的人，那么就是大错特错了。在生活上，作为一个父亲，因为失去几个孩子，海泽长时间地陷入丧子之痛当中，他用诗来抒发自己的悲痛之情，那些基调低沉的曲子因他的悲伤而散发出无限的魅力。

---

①曼佐尼（1785—1873年），意大利浪漫主义诗人，代表作有《圣灵降临节》《五月五日》等作品。
②佛斯哥洛（1778—1827年），意大利诗人，代表作有《希腊女神》《坟墓》。
③蒙蒂（1754—1828年），意大利古典派诗人，著有《黑森林的吟游诗人》《巴斯威利纳》等重要作品。
④巴利尼（1729—1799年），意大利古典文学创新的一位领导者，有《画》等作品。
⑤朱斯蒂（1809—1850年），意大利战争时期的一位伟大的民族诗人，著有《风向计》《勃兰底西》等广泛流传的作品。

说到在文学上面的成就，这位仿佛太阳神阿波罗一般的诗人虽然名声显赫，但他一度改变自己的观点也是不可否认的事实。在19世纪的80年代，自然主义开始出现并迅速占领了文学领域的顶端，并在之后的20年里一直处于统治地位。这其中掺杂的毁灭偶像的特质让海泽一度被置于狂风暴雨中。相比起那些费尽心思，用污言秽语不断地给他以打击的人，海泽在对待这件事情上的态度温和得让人吃惊。海泽对于美的坚持是如此固执，自然主义者想要用疯狂的丑陋、罪恶的事实、怪异的放荡来表达对生活的看法。但是这在海泽看来太过于不可思议了，他对美感的表达方式被他们粗暴的行为摧残，他希望文学是一种温暖而理想化的东西，应该用理想的眼光来看世界。在《默林》（1892年）中，他用一种感性而充满男子气概的方式表达了他的悲伤之情。但现在的实际情况已经发生了变化，如果不是如今自然主义者的倒戈相向，海泽或许早就已经获得了德国的推荐并获得了诺贝尔奖。现在一切都发生了变化，世界上所有的地方都在推荐他。他如今成了慕尼黑的良好市民，当地用他的名字为一条街道命名，他获得了大量的荣誉，经过许多批评家的推荐，瑞典文学院现在决定将诺贝尔文学奖授予这位老诗人，用以表达对他的敬仰之情。

　　海泽一直坚持自己的风格，他的写作方法是将内在的心理通过对现实的描写来反映出来。席勒曾经说过："生活是充满真实的，但是艺术是静美的。"在海泽的作品中，他对这句话的体会很深刻。他认为美应该是自由的，是被创意所环绕的，而非只是单纯的抄袭，也不能将其视作废物一般放弃，它所拥有的是朴实无华而高贵的美好。海泽从不向众人灌输他的意识，因为他认为这样做会夺走美的自由性，他将这种想法完美地表达在自己的书中。他也不试图去劝服他人，因为他认为一个人如果一事无成，那么必然会让他对宗教的感情受到伤害。即使他认为宗教的理论比它所拥有的教条要重要，他也对所有的肃穆信条表达了自己的尊敬。他是一个仁慈的人，没有丝毫的冷漠。他所赞扬的是一种神圣的爱，而这并不是充满了世俗情怀的爱。他是喜欢坚持自我的人，尤其对那些忠诚自己高尚而不是低级天性的人，他更为怜惜。

在今天这样的场合，海泽因为生病而不能前来，但我们依然感谢他那些天才般的作品所带给人们的无限感触，并且希望我们的祝福与问候能够到达他那为他的写作灵感带来无限可能的慕尼黑路易士街的家中。

致答辞

（保尔·海泽因生病未能参加颁奖典礼，所以他的致答辞无）

目　录

骄傲的姑娘　1

安妮娜　29

特雷庇姑娘　67

死湖情澜　111

附录一　保尔·海泽年表　183

附录二　诺贝尔文学奖大系书目　185

骄傲的姑娘

深灰色的浓雾紧紧地将维苏威火山包裹起来，晨曦的光辉还没来得及冲破这道关卡，这匹深灰色的绸缎便开始缓缓地移动，款款地向那不勒斯走去，似乎想要连它也一并吞下去。逐渐靠近的浓雾给海边的这些小镇带来了一份似乎不太招人喜欢的礼物——暗沉隐晦的颜色。蔚蓝色的海面上，泛不起一朵浪花，安静得像一面巨大的镜子。与之不同的是，在窄小的海港之中，有几对渔民夫妇正在高耸、陡峭的索伦多悬崖下忙碌着，他们将那些又粗又结实的麻绳与前一天夜里散布在海里的渔网拖到了小船里去。还有一小伙人正张罗着自己的三桅船，忙着把船帆打开。有人推开了人工开凿的岩石洞前的栅栏，把藏在里面的橹桨还有樯桅都拖了出来，他们开凿这个岩洞就是把它当作储藏室，用来装捕鱼工具。渔夫们各自忙活着自己手里的活，没有一丝松懈，就连平常不出海的年迈老者也一起帮忙把渔网展开。这里的屋顶宽敞而平坦，老妇人们都聚在这里，她们有的手拿纺锤，有的在照顾外孙。

　　"拉克蒻，你瞧见没？我们的神父就在那儿呢。"一位老妇人跟身旁的一个10岁左右的小女孩说，小女孩正在把玩着手里的小纺锤。"神父所乘坐的是安东尼诺的船，他是准备去喀普里岛。哦，我的上帝呀,这位令人敬佩的神父似乎还没有清醒过来呢!"老妇人一边说,一边随意地挥一挥手,算是跟这位瘦小、和颜悦色的神父示意问候。神父上船后便坐了下来,他恭敬谨慎地把黑色衣服的尾端掀起来,然后搭在木制的椅子上。岸边忙忙碌碌的人们不约而同地把手中的活都停下来,用崇敬的目光去为神父送行,神父和蔼地向周围的人们点点头,示意收到了他们的祝福。

"奶奶,为什么神父非得去喀普里岛不可呢?"小女孩的语气里充满了疑惑,"难道,喀普里岛就没有一位神父吗?非要把我们的神父给借走不可吗?"

"孩子,你还小。"老妇人接着说,"喀普里岛不缺神父,那里有很多非常漂亮的教堂,不仅如此,就连我们这儿没有的隐士,在他们那里也是不缺的。以前,我们这里有一位非常有钱的女人,这位贵妇曾在索伦多住了很长一段时间,一次,她病得十分严重,所有人都觉得她可能熬不过那晚的时候,是我们的神父为她送去了圣饼。她有幸得到了圣母的庇佑,重新恢复了健康与活力,还可以天天在海水里享受沐浴。后来,在这位贵妇准备搬去喀普里岛之前,便向教会捐赠了一笔庞大的救济金,还接济了不少的穷人。听说,要不是神父答允会到喀普里岛去探望她,并且接受她的忏悔,无论说什么她都是不会走的。在这位贵妇的心里,神父是一位很了不起、值得尊崇的人,而我们也打心眼里觉得,可以拥有他这样的神父是件光荣而幸运的事儿。神父的才干与枢机主教相比是有过之而无不及的,那些有身份的人都会去向他请教。希望主宰万物的圣母眷顾我们的神父一路平安!"正说着,老妇人朝着将要远去的小船挥了挥手,向她所尊敬的神父道别。

"咦，天气会好转的吧？"神父边问，边犹豫不定地往那不勒斯望去。

"太阳还没有出来。"年轻的安东尼诺搭着话，"等太阳出来后，这些浓雾就会散开了。"

"嗯，那好，我们启程吧，赶在天黑以前抵达喀普里岛。"

就在安东尼诺正在掌舵将要驶出港口的时候，他忽然间又停了下来。他的瞳孔凸出，向索伦多通往渡头的那段下坡路的端头望去，那儿冒出了一个少女的倩影，她正迈着飞快的步子从石子路上往下不停地跑来，手上还有规律地舞动着布条，胳肢窝里还夹着个小包。寒酸的衣着却掩盖不了她的那份高雅不俗的气质，只不过，她抬起头的样子，有点野蛮的味道，盘起的卷发堆在头上，远远看去就像是戴着一顶官帽那般。

"在等什么呢？"神父问道。

"是这样的，那儿还有个人想搭船，估计也要去喀普里岛。尊敬的神父，如果您不反对的话——是不会耽误您抵达的时间的，她只不过是个还未成年的小丫头呢。"

这个时候，那个少女已经把那段迂回弯曲的石墙甩在了身后。"是劳蕾娜！"神父有点吃惊地说，"这小姑娘跑去喀普里岛想干吗？"

不明就里的安东尼诺耸了耸肩。奔驰而来的少女眼睛直直地盯着前面，三步并作两步就到了他们的跟前。

"嗨，骄傲的姑娘劳蕾娜！"那些年轻船夫的喊声响遍了整个海湾。要不是看到神父在这儿，他们可能还要继续喊下去。对于他们的呼喊声，少女摆出了不屑一顾的态度，而这便引起了那些年轻的船夫们的不满。

"哦，我的孩子，劳蕾娜，你好！"神父向少女问候道，"这段时间过得还好吗？你也要去喀普里岛吗？"

"是的，尊敬的神父，我也可以去吗？"

"这个，你得问问船长安东尼诺。如同天主主宰着我们，我们也主宰着自己的财产。"

"我这儿有半卡令，"劳蕾娜自顾自地说，却看都不看安东尼诺一眼，"但愿它们可以支付我的路费。"

"这钱，你还是自己留着吧。"小伙子小声地说，他将那些装橘子的箩筐挪到一边，给她腾了一块小地方出来。安东尼诺准备把这些橘子运去喀普里换些钱贴补生活，这个岛上的岩砾非常多，水果供不应求。

"我可不想白坐你的船。"她那深黑色的眉毛稍稍地颤动了一下。

"孩子，你先上来吧，来。"神父和蔼地说，"安东尼诺是位憨实的小伙子，即使是赚了你的这点钱，他也无法变得富有。孩子，你就上来吧。"神父向女孩伸出手来邀请，"来，孩子，你坐到我的身边来。你看，为了让你坐得更加舒服点，安东尼诺拿自己的外套给你当坐垫用呢。我都没有这样的待遇，可以理解，年轻人都这样，关照一位少女要远比照料十位神父还要细心。好吧，好吧，安东尼诺，你就别再为自己解释了。这一切都是上帝的恩赐，把相互喜爱的放在了一块儿。"

此时，劳蕾娜已经上了安东尼诺的船，她把安东尼诺的外套移到一旁，安静地坐着。安东尼诺并没有搭理她，碎碎地在嘴里叨咕了下。随后，他奋力地往岸边撑了一下，这一叶扁舟就像一支匀速飞行的箭射向了前面的狭湾。

“这个小包里装了些什么呢？”神父好奇地问着少女，小船已经在海上行驶了，浓雾散开后，第一缕阳光便冲破了云雾，斜洒了下来。

“神父，我这里面装了丝、毛线还有面包。这些丝，是准备卖给喀普里岛那个做缎带的女人的，毛线则是要卖给另外一个女人的。”

“这些都是你自己纺织出来的吗？”

“神父，这些都是我自己纺的。”

“如果我没有记错的话，你应该也学过缎带。”

“神父，你没有记错，我的确学过。只是，我母亲的老毛病又犯了，我没有办法走开，再加上，我们生活很拮据，更别说能有钱去购买一台织布机了。”

“啊，你母亲的病又严重了？不久前……也就是复活节的时候，我到过你们家，那时，你的母亲还能坐着的。”

“每逢春季，我母亲就会犯病，这对她而言非常糟糕。自从那次大风暴以及地震后，我母亲的背就一直隐隐作痛。”

“可怜的孩子，请你继续祈祷，向圣母祈求祝福，当然，你还得勤奋乖巧，只有这样圣母才能知道你虔诚的祷告。”片刻后，神父继续往下说，“劳蕾娜，你在岸边的时候，那些小伙子们冲着你叫：'嗨，骄傲的姑娘！'他们为什么会这样称呼你呢？对于一个虔诚而又谦逊的天主教徒而言，这样的称呼是非常不好听的。”

劳蕾娜的双颊就像两片绯红的晚霞似的，一双眸子如同繁星那般清澈地闪烁着。

“别的姑娘都喜欢唱歌跳舞，而我不会这些。我经常寡言少语的，那些人才这样讥讽我。他们不应该染指我的自由，我又不会伤害他们。”

“尽管如此，你也应该以友善的态度去对待他们。倘若其他人的生活没有束缚，喜欢载歌载舞，那就是他们自己的喜好。就算是内心惆怅的人，也应该要跟大家伙儿打个招呼问候几句的。"

劳蕾娜的头就像是一颗弯了腰的柳树，谦逊地垂了下来，就连视线也不敢抬起来，双眉紧紧地蹙在一起，尤其是那一对眉梢，好像是要把一双黝黑的眼睛挤到眉头下面去似的。船上的三个人都缄默了好一阵子。就在这个时候，灿烂绚丽的阳光斜射到山脊之上，一层层薄云围绕着维苏威山的顶峰，并且把山麓深深地埋藏在云雾的深处。那些建在索伦多平原上的屋子正隐藏在橘园里，白色的墙壁大都被树叶遮挡住了，若隐若现的。

"我的孩子，劳蕾娜，那个一心想娶你的那不勒斯人——画家，是不是一直以来都没有他的任何消息了？"神父问道。

劳蕾娜轻轻地，左右摇摆着那颗无力的头。

"那个时候，他过来就是要专门为你画一幅画像的，你怎么没有答允呢？"

"他为什么会喜欢上我呢？我并不是一个漂亮的女孩，比我美丽的大有人在。再者就是，天晓得他要拿我的画像去干吗。我母亲说，他可能是通过画我的画像来给我施展什么妖术，侵害我的灵魂，我也有可能会因为这样而离开这个世界。"

"这种邪恶而又充满累累罪行的事情，千万别相信，"神父一字一句地说，"上帝会一直眷顾着你的，要不是得到主的旨意，无论是谁都别想伤害到你一丝一毫，难道不是这样吗？莫非你认为，那个画家手里握着一张拥有魔力的画纸，它的能力会超过我们万能的主吗？再说了，你心里跟明镜似的，你明明知道他对你毫无不轨之心，若非如此，他为何非你不娶呢？"

劳蕾娜还是那样，一言不发地坐着。

"孩子，那你为什么拒他于千里之外呢？我觉得他是个好人，仪表堂堂，而且，他有足够的经济能力去照顾你们母女俩，你如今依靠纺纱的微薄收入是无法与他相比的。"

"神父，我们是穷苦人家，"劳蕾娜情绪激动起来，"我母亲一直以来都在生病，我们母女俩将会是他的累赘。而且，我也配不上他，假如他的朋友前来拜访他，而我的存在，肯定会让他感到忐忑和羞耻的。"

"哦，我的孩子，劳蕾娜，瞧瞧你那荒谬至极的说法哟！我不是已经跟你说过了吗？他是个非常不错的人，更何况他能够为了你，心甘情愿地移居索伦多。像他这样优秀的痴心男人，是很难寻觅到的，他就好像是我们仁慈的主恩赐给你的福祉一般。"

"我，我才不要出嫁呢，一辈子都不出嫁！"劳蕾娜的语句里充满了反叛的情绪，好像这些不满的情绪是在针对她自己似的。

"孩子，你是准备向主起誓呢，还是计划着要去修道院呢？"

劳蕾娜再次晃动了那颗低垂着的头。

"他们在指责你的偏执和固执，尽管那样叫很难听，但是却没有说错一点。你该明白，这个世界上除了你，还有很多人。你的顽固不化只会加重你母亲被生活与病痛的折磨。即使是要回绝别人的好意，可你又有什么样的理由呢？劳蕾娜，你倒是说给我听听啊！"

"是的，我的的确确有我的缘由。"劳蕾娜的声音细如蚊子的呻吟声，却又带着点犹豫不决的味道，继续说着，"只是……只是我不方便说出来。"

"不方便说？就连我也不能知道吗？孩子，我可是你的告解神父，以往，你不是对我是信任有加的吗？要不，就是你根本就没有相信过我？"

劳蕾娜又一次点了点头。

"你把心放宽点吧，我的孩子。倘若你没有错，我必定是首先认可你的人，只不过你的年纪比较轻，社会阅历浅，要是你因为这些稚嫩的、不成熟的古灵精怪的想法而与幸福擦肩而过，以后，你必然会悔恨不已的。"

安东尼诺正在船尾处摇动船桨，劳蕾娜的目光对着他向下歪斜地扫视了一下，又略带着点羞涩和胆怯的感觉。安东尼诺似乎意识到了什么，把头上的呢绒帽拉下来挡住了双眼，他的眼睛直勾勾地盯着向船沿扑打而来的浪花，好像是在思考着什么。神父也随着劳蕾娜的目光往那边望去，还不时地将耳朵凑过去。

"神父，我的父亲对于您而言是陌生的。"她把声音尽量压得更低些，忧郁的神色占据了她的双眸。

"孩子，你父亲？如果我没有猜错，他去天国的时候，你应该还未满 10 周岁，主啊，但愿您允许他的灵魂进入天国，只是……你父亲跟你的固执己见有什么关联呢？"

"神父，你并不懂他。要知道，我母亲的病归根结底就在他的身上。"

"孩子，你怎么这么说呢？"

"我父亲一直都在摧残着我的母亲，时常对她拳脚相向。这一辈子我都无法忘记那晚，他怒气冲天地回到家里。母亲向来不说他什么的，事事都迁就着他，没有一次拂逆过他。但是，他却总是拿我母亲来出气，每次看到母亲挨打，我的心就像摔碎了的玻璃瓶似的。每次看到母亲受到他的凌辱时，我总是把头埋进被单里，佯装熟睡，事实上那一夜我都在流泪。等我母亲瘫倒在地上之后，他的态度竟然发生了 180 度的转变，他把我母亲扶起来，一个劲儿地轻吻着我的母亲，让我母亲无法说话和呼吸。母亲不准我多说一个字，可是她承受的伤痛是无法言语的，比深渊还要深，尽管我父亲去世很多年了，而我母亲一直深陷在病痛中。倘若，有一天母亲过早地离开了我——愿主保佑——我想我很清楚母亲是被谁杀害的。”

身材酷似竹竿的神父一直在那儿摇头，好像不知道要怎么样去相信劳蕾娜所说的话。过了一会儿，神父才慢慢说道：“我的孩子，请你宽恕他，就像你母亲那般，宽恕他所有的罪恶。把那些阴暗的悲惨回忆赶出你的内心。孩子，你要相信不愉快的一切都将过去，好日子即将来临，我知道，你会把这些不好的东西都给遗忘的。”

“这一生我都无法忘记这些，”劳蕾娜一边说，一边打了一个冷战，“我亲爱的神父，你应该明白，这才是我不想出嫁的真正原因，只有这样我才不用依靠他人而活，只有这样我才不会被别人用左手打了后，然后被他的右手抚慰。如今，要是谁想殴打我或者是亲吻我，我早就懂得应该怎样去自保。可是，我的母亲却无法自保，她只能默默地承受着父亲无缘无故的殴打，却也心甘情愿地享受着他的亲吻，这一切都是因为母亲深深地爱着他。我可不愿意毫无原则地去爱一个人，因为爱而忍受病痛的折磨，因爱而承受着晴天霹雳般降临的不幸。”

“我的孩子，你还是没有长大啊，你的话还是那么的天真。你认为这个世界上的男人都跟你那楚楚可怜的父亲一样，会拿妻子来撒气吗？难道你没有看到周围邻居的夫妻，他们都生活在甜蜜的、和谐的恩爱中吗？”

"他是怎样虐待过我母亲的，你们谁也不清楚，我母亲就算是去死也不会向别人诉说只言片语的，这都是她所谓的爱。要是在你需要呼唤救助的时候，却被爱所阻挡了，并且堵住了你的嘴巴；或者是当你需要自我保护的时候却不能自救的话，那我绝对不可能将我的心交给这样一个男人。"

"劳蕾娜，听我说，你还是个孩子，自己说了些什么自己都不清楚。等时机成熟了，到了那个时候，你的心才不会问你是爱还是不爱；到那时，你现在所谓的理念恐怕都不会再重要了。"他停顿了一会儿，接着往下说，"那位画家先生，你能肯定他对待你，会像你父亲对你母亲那样凶残吗？"

"他的目光像极了我父亲祈求母亲原谅的样子，想要花言巧语地抱着她。那样的眼神深深地刻在我的心里。就是那样的目光，会让一个人鬼使神差地去折磨他的妻子。我一见到这样的目光就会毛骨悚然。"

话音刚落，劳蕾娜就又开始固执起来，不愿意再多说一个字，神父也只好跟着她一起沉默。或许，在神父的心中正盘算着用某些感人肺腑的话语来劝说劳蕾娜，但是，当他看到这位年轻的船长安东尼诺听完了劳蕾娜的那番言论之后，满脸疑惑，这才不好意思开口。

经过了2个钟头的行驶后，安东尼诺的船驶进了喀普里岛的小海湾，神父被这位年轻的船夫安东尼诺毕恭毕敬地抱了起来，蹚过了浅滩，顺利抵达了岸边。可是，那位骄傲的姑娘不等他回来，便提起裙摆，拿起木屐，左手里握着个小包，赶紧蹚着浅浅的一道浪花往岸上走去。

"我可能会在这里待上很长一段时间，"神父说，"因此，你没有必要等我，我可能明天才会回去。当然，还有你，劳蕾娜，你回到家以后，请替我向你的母亲问安。这周内，我就会去探望你们的。傍晚前你就会回去吧？"

"到时候再看吧。"劳蕾娜一边说着，一边整理着她的裙摆。

"反正，我是必定要回去的。"安东尼诺自认为这种声音十分的冷淡，"我就等你到傍晚的时候好了，那个时候无论你来还是不来，都不会影响到我的。"

"劳蕾娜，你一定要回去，"两个年轻人的对话被神父接下了话茬，"你怎么可以让自己的母亲独自一人渡过那漫长的夜晚，莫非，你想去的地方还很远吗？"

"我还要去葡萄园，在阿那卡普利那里。"

"我主要是去喀普里。我的孩子，愿我们无所不能的主眷顾你们。"

姑娘亲吻了神父的手背，道了一声别，而姑娘的这句道别是同时对着神父和安东尼诺一起说的，只是这位年轻的船夫还没想到。他摘下帽子，对着神父行了一个礼，看也不看旁边的那位骄傲的姑娘。

当他们都把身子给转过去后，安东尼诺望了神父一眼，神父正费劲儿地走在碎石子铺成的路上，然后，又转过身去，目不转睛地望着劳蕾娜那远去的倩影。劳蕾娜往右边的那个山坡上走去，上午的阳光十分火辣，她只能伸出手来遮挡一下。那段小路被一堵墙给挡住了，她停下来，歇息了一会儿，好像还在那里喘着粗气，她把头扭了回去。那个被她踩在脚下的港口被耸立、突起的岩石团团围住了，岩石下边的海水如同被施了魔法似的变得比天空还要蓝，这样瑰丽的美景，让人不得不驻足欣赏。劳蕾娜用目光瞟了一眼安东尼诺的那艘小船，她那漫不经心的眼神正好跟安东尼诺那束注视着她的目光撞到一起，他们两个同时向彼此做出了道歉的姿势来，生怕另一方会误解。那种固执的神态又出现在了劳蕾娜的嘴角边，然后，她又接着往前走去。

现在，是下午 1 点钟的时候，渔人酒店的门口有一把长凳，而安东尼诺坐在这里已经有 2 个钟头了，他肯定有心事儿，每每过去 5 分钟他就会跳起来，走进那片灿烂的阳光里，刻意地注视着左右通往两个小镇的那条小道。不久之前，他跟老板娘说，这天气可能不太靠谱。尽管现在还是晴朗的，可是他对天空和海洋的色泽是非常熟悉的，不久前的那次大风暴来临之前，就是如今这般，海水异常的蓝，那次他差点没能送那一大家子的英国人靠岸。老板娘应该还没有忘记。

"我记不清楚了。"酒店的老板娘说。

要是，在夜幕降临之前就变天，她肯定会想起来的。

"去你们那里的游客多吗？"听了半晌，那女人又接着问道。

"刚刚开始。以往这个时候是淡季。今年，要来享受海水浴的人到现在都还没有来。"

"今年的春天来得比以往要晚一些。你们那儿应该比我们喀普里岛更赚钱吧？"

"要是我只是依靠渡船为生的话，那么，我一个礼拜都别想吃到两次通心面。为了生活，有时我会帮人送信去那不勒斯，要么就是跟着那些想捕鱼的人一起出海，这才是我收入的主要来源。当然，你是晓得的，我的舅舅有很多大橘园，是个经济富裕的人，他曾告诉我：'安东尼诺，我活着一天，就不会眼看着你吃苦，就算是我去了天堂我也会眷顾你的。'就这样，我在天主的庇护下熬过了冬季。"

"你舅舅有孩子吗？"

"不，舅舅孑然一身，没有结婚。他一直住在国外，赚了很多的钱。现在的他规划着经营大型的渔业，他想让我来管理，把所有的东西都交给我。"

"安东尼诺，这么说，你就要发达了，是个大人物了。"

安东尼诺轻轻地把肩膀耸了耸，"每个人都会有不如意的时候。"他刚说完，又一次跳了起来，又往左右看了看天气，尽管他心里清楚，看天气只需要看一遍就可以了。

"我帮你再拿一瓶酒过来，反正你舅舅能够支付得起。"老板娘跟他说。

"一杯就可以了，你的酒后劲儿可够猛的，我开始有点头晕了。"

"没关系的，你想怎么喝就怎么喝，我的先生要过来了，你们可以说会儿话。"

酒店的男主人真的从山冈往这里走来了，他的肩膀上还搭着一张网，一顶红色的帽子正堆在卷发上。他给镇上的贵妇送鱼去了，贵妇要用这些鱼去款待那位从索伦多坐船来的身材瘦小的神父。他一见到安东尼诺，就连忙热情地向他问候，然后坐到他的身边，说起闲话来。老板娘端着第二瓶货真价实的喀普里酒往外走时，一阵咯吱咯吱的脚步声从左边的海滨路上传了过来，那位骄傲的姑娘——劳蕾娜正从阿那卡普利那边往这里走来。她匆匆地点过头，就停下了步子，有点坐立不安的样子。

突然间，安东尼诺站了起来。"我得离开了。"他又接着说，"她是今天早晨跟神父一同从索伦多坐船过来的，她今晚必须回去，照料她生病了的母亲。"

"嗨，别急啊，现在还早着呢！"酒店的男主人说，"喝一杯酒的时间，这位姑娘也喝点。哎，我亲爱的妻子，请再拿一个杯子过来。"

"谢谢，我不会喝酒。"劳蕾娜虽然跟他们说话，却一步也没有动。

"别在意，老婆，你就给她倒上一杯吧！她就是害羞。"

"就此作罢吧，"安东尼诺说，"她的脾气倔强得很，她不肯做的事，上帝也拿她没办法。"话音刚落，他就起身离开了，跑到了船边，解开了绳子，等着劳蕾娜上船。劳蕾娜朝着那对夫妇又挥了一次手，这才往安东尼诺的船走了过去，她的步子有些犹豫不定。她环顾了一圈，好像在寻找同行的伙伴。可是，这个小港湾里不见一个船夫的踪影，那些打鱼的人不是出海了就是在睡觉，就连坐在门前的妇女不是在睡觉就是在纺纱，而早晨坐船过来旅游的那些客人这时也不会离开，天气不热时他们才会回去。她只是逗留了一小会儿，突然间，安东尼诺还没等她反应过来，就把她给抱上船了。然后，他也上了船，摆弄起双桨，他们便离开了那个海港。

劳蕾娜坐在船头，侧着身子对着安东尼诺，他刚好看到她的半边脸，如今这样的气氛比以往还要严肃，她的刘海垂在了眉毛的上方，轻巧细致的鼻子里藏着那份固执，香唇轻轻地靠在一起。就在这样沉默的气氛中小船已经在海上行驶了一段路程，劳蕾娜感到她快被这骄阳给烤熟了。她把小包里的面包拿了出来，拿包巾挡住头上那炙热的阳光，然后开始吃她的晚餐，这一天她都没有吃过什么东西。

安东尼诺见此，赶紧从筐子里拿出两个橘子来，递给她说："哎，劳蕾娜，这个给你，帮你解渴的，别以为是我刻意给你留的。我把空框子放回来的时候才发现，这两个橘子是掉出来的。"

"你还是自己留着吃吧，有面包，我已经很知足了。"

"吃这个，可以解渴，你走了很多路，需要它。"

"我在岸上喝过水了，一点儿也不渴。"

"好吧，随你便。"安东尼诺说罢，便顺手把那两个橘子给扔回筐里。

然后，他们又开始沉默了。海面上没有一朵浪花，平静得就像是一面镜子，船头那儿的水声很轻很轻，基本上听不到水声。就连那些栖息在岸边岩洞里的白色海鸟，也在应和着他们的沉默而悄无声息地在海面上寻食。

"这两个橘子，可以带给你的母亲。"安东尼诺又把话匣子打开了。

"家里还有呢，要是吃完了，我会去买的。"

"这个你就当替我向你的母亲问好。"

"我母亲又不认识你。"

"这……你可以告诉她，让她知道我是谁啊！"

"我对你也不熟悉。"

很显然，这是劳蕾娜不知道第几次说不认识他了。早在一年以前，也就是那画家刚来索伦多的那个礼拜天，那时安东尼诺跟镇上的几个小伙子在街边的广场上一起玩滚球游戏。劳蕾娜和画家就是在那个广场上不期而遇的，那次劳蕾娜把水壶顶在头顶上正好跟他擦身而过。那不勒斯人沉醉地看着她，尽管，只需要再走上两步就不会妨碍到别人玩游戏，他的双脚却不听使唤地站在那里，一动不动地盯着她。一颗球向画家的脚趾上砸去，这时，他才回过神来，这里不该是他沉思的地方。他向四周望了望，好像是用这种方式在等待着谁的道歉。那个把球扔过来的船夫还很年轻，脾气也比较倔强，他跟朋友们站在一起，不发一言，那个画家只好就此作罢，然后离开了。没过多久，这件事就不胫而走了，当画家宣布向劳蕾娜求婚的时候，镇上的人们开始说长道短起来。画家追问她是否是因为那个不懂礼貌的人而拒绝求婚的时候，她十分气愤地回复他道："我根本就不认识他。"当然，此时的劳蕾娜也听到了人们议论的话，从那之后，每每看到安东尼诺，她都会准确无误地把他认出来。

此刻，他们同坐在一条船上，却表现得像一对仇人似的，彼此的内心都憋着一股气。安东尼诺的那张脸在平时是那么和善，如今却红得像个熟透了的西红柿。他费劲儿地拍打着海水，应声而起的泡沫如同烟火那般四溅开来，他的嘴唇还会时不时地抽动着，如同准备开骂了一样。她佯装什么也不知道，一脸毫不在意的样子，趴在船沿边，随意地让海水穿过指间。随后，她把挡在头上的包巾取了下来，拨动了几下头发，完全无视安东尼诺的存在。可是，眉梢还在那里抖动，突然间，她把那只被海水浸泡过的手搭在火辣辣的脸上，想给它降降温。

这个时候，他们正在这片海域的中心地带，周围看不到半点船影。那座岛已经被他们远远地甩在了身后，若隐若现的海岸线就在前方，炎热的感觉却还没有褪去，这里只剩下深沉的沉寂，就连白色的海鸟也不愿意飞到这里来觅食。安东尼诺向周围扫视了一圈，心里有了数。忽然间，他的脸惨白得像一匹白绫，把桨放了下来。劳蕾娜不由得把头转了过来，看着他，有些紧张，却没有一丝一毫的害怕。

"这事儿今天必须得做个了断，"安东尼诺的气势很猛烈地说，"我受够了，让人匪夷所思的是，我居然没有为此而死去。你说，不认识我？莫非你没看到我发疯似的与你擦身而过，满腹的言语想要对你倾吐吗？而你呢,却故意板着那张恶狠狠的嘴脸,无视我的存在。"

"我们有什么好说的呢？"她轻忽怠慢地说道，"我的确是知道你想和我交往，可是……我不想让别人莫名其妙地在我背后胡说八道，我不想出嫁，不只是你，我谁都不愿嫁。"

"谁都不嫁？你不会一辈子都这样的。是那个被你拒绝的画家吗？哼！那个时候，你还是个不食人间烟火的小姑娘。总有一天你会感到孤独的，那时，以你的脾气，你肯定会找个人随随便便就把自己给嫁出去的。"

"天晓得将会怎么样。或许，我会愿意嫁人，但这跟你有什么关系呢？"

"跟我有什么关系？"他重复了一遍，字字句句都是抱怨，然后放下木桨，从凳子上跳了起来，使得小船左右摇摆。"跟我有什么关系？你心里不是不知道，还问我？我希望你对待别人，也是这样，否则他将死得凄凉悲惨！"

"我答应过你吗？是你在发疯，跟我没关系，你有什么权利这样约束我？"

"嗷，"他提高了分贝说，"是的，没有哪一条法律是这样写的，我知道，我对你没有不轨之心，这是拥有这种权利的理由，这跟我享有升入天堂的权利如出一辙。你觉得我会眼巴巴地看着你和别的男人一起进入教堂，和那些姑娘们一起对我耸耸肩膀吗？我非得承受着这种痛苦吗？"

"无所谓。你想吓唬我，没门儿。我想怎么样就怎么样。"

"你不会一直这么说的，"他全身开始颤抖起来，"我是个顶天立地的男人，我才不会让你这样倔强、顽固的人作践、糟蹋呢。你要明白，此刻，你在我的手里，你只能选择乖乖地听话。"

劳蕾娜稍稍地动了动身子，一直看着他。

"要是你敢做的话，就把我给杀了吧。"她一字一句地说。

"好啊，要弄就弄得彻彻底底的。"他说，之前的那股狠劲儿已经淡了许多，"海上的空间大，容纳我们两个人不成问题。我救不了你。"这次他的言语里多了几分怜悯，好像还在做梦，"可是，我们非得下去不可，立刻！"他的声音又大了一倍，趁她不注意的时候，猛地抓住了她的一双手臂。可是，他又把右手给撤了回来。她却毫不留情地咬了他一口，顿时，鲜血直流。

"我才不听你的呢！"她大声地叫了起来，忽然间，她把身子扭动了一下，一把将他推开了。"你瞧，我还在你的手里吗？"说完，她跳入了海水里，不一会儿就在水里消失了。

没过多久，她又钻出了水面，裙子紧巴巴地贴在身上，海水为她解下盘着的头发，害羞地趴在脖子上。她使足劲儿，把双臂当作是船桨来划动着，一句话也不说，就自顾地游向岸边。一时间他竟然不知所措，呆若木鸡似地待在那里好一阵子。他站起来，把身子探出去，一双眸子直勾勾地望着她远去的背影，眼前如同出现了奇迹似的。之后，他摇摆了几下身子，就不顾一切地一把抓起了船桨，竭尽全力地跟在她的身后。此时，船舱也被他的鲜血给染红了。

一眨眼的工夫，他就赶到了她的身边，尽管她游得并不慢。"哦，上帝啊！"他大声地叫着，"来，上船吧！刚才，我是真的疯了，谁知道，我的理性是怎么丢的。这般的突如其来，我无法控制自己的言行。劳蕾娜，我不敢奢求你的原谅，但我只想求你回到船上来，不让你有什么危险。"

对此，她却充耳不闻，丝毫没有停下来的意思。

"还有2公里的路程,你是游不过去的。为了你的母亲考虑一下吧,你要是有个三长两短的话,她会被吓死的。"

她目测了一下距离,然后,悄无声息地游回了船边,用手抓住了船沿。他站起来拖她,由于承重力的偏移,船偏向了一边,那件被当作垫子放在椅子上的夹克就坠入了海水里。她迅速地爬上了船,回到了之前的地方。看到她脱离了危险,安东尼诺这才重新摇起桨来。她只顾着把身上的海水给拧干,她把头低下去的时候看到了舱底的血迹。劳蕾娜把目光立即都集中在了安东尼诺的手上,安东尼诺就像个没事儿人似的,继续在那里摆弄着船桨。"咯!"她把布包递了过去。他轻轻地摇了摇头,并没有放下手里的活儿。她起身,向他走去,用包巾为他包扎那条深深的伤口。她才不理会他的反抗,直接夺过了他手里的船桨,眼睛却不敢与他对视,安静地坐在他的对面,一双眸子紧紧地盯着那双被鲜血染红了的船桨,使劲儿地划动着。他们的脸色白得就像是天边的云朵,还是一语不发,就在他们即将靠岸的时候,碰到那些准备在晚上捕鱼的渔夫正在布网,他们对着安东尼诺大声地叫唤着,同时还不放过这次嘲笑劳蕾娜的机会,他们两个很有默契似的,低着头,不做任何回复。

太阳还在普洛西达岛上挂着的时候,他们便已经驶进了海港。劳蕾娜把那条霉干菜似的裙子抖了抖,就跑上岸了。早晨目送他们出海的那个纺纱的老妇人还在屋顶上。"安东尼诺,你的手怎么受伤了?"老妇人对着他大声地喊着,"哦,我的上帝呀,船上都是血迹。"

"不碍事的,奶奶,"安东尼诺答复道,"我是被一根凸出的钉子给伤到的,只不过是皮肉伤而已,明儿个就会好起来的。这该死的伤口，稍微碰一下就会往外淌血，只是看起来很严重似的，事实上一点也不严重。"

"孩子，你等我下来，我给你上点草药，等我一下。"

"奶奶，不必劳烦您了。我这都包扎好了，明天就会没事的，不会有事的。我的身体很健康，恢复得比较快。"

"再会！"劳蕾娜说完后，就转身沿着小路往坡上走去。

"晚安。"安东尼诺对着她的背影喊道，却不敢直视她。随后，他开始整理渔具和筐子、篮子，这才跳到石阶上往家里那边走去。

他在两间房中独自踱步。那扇小窗子被木窗板撑开了，清风徐徐飘来，这可比安静的海风还要清澈、凉爽，他身处于孤寂里，却还能感受到一丝丝的安慰。安东尼诺驻足在小圣母像前有一阵子了，他恭敬地盯着圣母头顶的那个光圈，那是用银纸粘贴起来的。但是，此时此刻他竟然不知道要祈祷些什么。他所期望的都已经破灭了，还有什么可以去祈求的呢？

白昼似乎还没有离开的意思。他的内心在渴望着夜幕的降临，他实在是太累了，伤口处渗出的鲜血超出了他所能承受的范围。从伤口处传来一阵剧烈的疼痛，他这才坐下，把包巾拆开，刚刚止住的血又从伤口处渗了出来，伤口周边又红又肿，看起来很严重。他仔细地清洗着伤口，把伤口浸泡在冷水里一阵子。过了一会儿，伤口处已经能够清楚地看到劳蕾娜的牙齿印了。"劳蕾娜没错儿，"安东尼诺自言自语道，"我不是人，真是活该。让吉士皮明天就把包巾给她送过去，我不想再见到她了。"说完，他小心翼翼地把那条布巾清洗干净，他一口咬住绷带，一边用另一只手再次将伤口包扎好。之后，将劳蕾娜的包巾平整地铺开在夕阳之下，他这才躺在床上，把双眼闭起来休息。

　　皎洁的月光洒下，就像给周围的景物披上了一块白色的丝巾。隐隐作痛的感觉，把安东尼诺从睡梦中揪了起来。他才坐起来，想着要把伤口泡在水里减缓痛楚的时候，一阵敲门声打破了夜的平静。"是谁！"安东尼诺一边问，一边起来去开门。门一开，就看见了劳蕾娜。

　　劳蕾娜还没等到他的邀请就直接走了进去，把头巾放下，在桌子上放了一只篮子。

　　"你是来拿包巾的？"安东尼诺说着，"事实上你没有必要跑到这里来，我本来打算明天早晨叫吉士皮给你送去的。"

　　"我不是来拿包巾的。"劳蕾娜解释道，"我去了山上，为你摘了一些止血的草药，给你！"她揭开了篮子的盖子。

　　"十分感谢。"这句道谢是发自安东尼诺内心深处的。"万分感谢，我不觉得难受了，比之前舒服些了。再说了，即使是不舒服，也是我自找的。这么晚了，你有什么事吗？要是不小心被人发现了！你不是不知道，他们会无所不用其极地来中伤你的，尽管他们意识不到自己是在胡说八道。"

　　"我才不管这些呢，"劳蕾娜的情绪有点激动，"我想看看你的伤口，把这些草药给你敷上，你伤的是右手，你的左手是无法为自己包扎的。"

　　"我告诉你，你不用这样。"

　　"我就要看看，这样我才安心。"

　　劳蕾娜不愿再说些什么，轻轻地拉起他的右手。安东尼诺不再抗拒，由着她把绷带打开了。这时，劳蕾娜才发现伤口肿得非常的严重，心慌得声音也变得尖细起来："我的上帝呀！"

"这点小肿不算什么，"安东尼诺说，"再过上一整天就会好的。"

劳蕾娜摇了摇头，"这样的伤会让你一个礼拜都不能出海了。"

"我觉得没那么严重，估计后天就会好的，额……这有什么关系呢？"

劳蕾娜为他端了一盆水过来，帮他擦洗伤口，他如同小孩儿那般，随着她摆弄。之后，她把草药涂在伤口上，那阵剧烈的疼痛马上就舒缓了，她把自己带过来的麻布条给他重新包扎好。

伤口处理好后，安东尼诺对着她说："非常感谢你。要是你还愿意帮助我的话，那请你听好，我虔诚地向你道歉，请你原谅我发狂时候，对你所做的一切，也请你把这些都忘得干干净净的。我也不清楚为什么会对你做这些。错不在你，错的是我。此后，我再也不会说出伤害你的话了。"

"其实，应该是我向你道歉才是，"劳蕾娜插话道，"我不该用沉默来伤害你，我应当好好地跟你解释清楚的，更不该把你咬伤。"

"你那是正当防卫，那个时候的我刚好需要恢复理智。如同我之前说的那样，这没什么大不了的，无须再说原谅的话了。是你让我清醒过来的，我还得谢谢你呢。此刻，你还是回家休息吧，哦，等等，你的包巾，也一起带走吧。"

安东尼诺将包巾还给了劳蕾娜，可是劳蕾娜并不打算离开，很明显，她的心里在做斗争。最后，劳蕾娜说："你的外套是被我间接弄丢的，你卖橘子的钱就放在外套里。我也是在路上才想起来的。眼下，我还没有能力把钱还给你，我们家没有钱，即便是有，那也不是我的。不过，我这儿有一根用银子打造的十字架，这是画家最后一次去我家的时候，留在桌上的。我不怎么在意它，也不想把它收藏在盒子里。要是，你把它变卖了——母亲说，它还能换几个钱的——或许能够补偿你，要是还不够的话，我可以在晚上等母亲睡觉后，偷偷地去纺纱赚钱，再来还给你的。"

"这个我不需要。"他说得并不复杂，把她的银十字架塞回了她的衣兜里。

"不，你必须拿着，"劳蕾娜坚定地说，"天晓得，你的右手什么时候才可以继续赚钱。你就收下吧，我这一辈子都不想再看到它了。"

"还是扔到海里吧。"

"这可不是我给你的礼物，你必须收下，算是我对你的忏悔。"

"必须？我不能收下你的东西。要是再见面，麻烦你不要看我，让我忘记对你的不好。好吧？我们就说到这里，晚安。"

安东尼诺把包巾轻轻地放进了劳蕾娜的篮子，并且将那个十字架放在一边，这才站了起来。他把头抬起来的时候，看到了她的脸，大吃一惊。豌豆般大小的晶莹的泪珠划过了她的脸颊，一颗颗地落了下来。但是，她并不急于去擦干净。

"上帝呀！"他突然间大声地叫了起来，"你很难过吗？你在发抖啊。"

"不，"劳蕾娜告诉他说，"我，回家了！"劳蕾娜似乎失去了平衡，左摇右晃地走到门前。她再也无法压住心里的疼痛，抽泣着，她趴在门框上，大声地哭了起来，全身不停地抽动着。他想过去扶她一把，却没想到她突然转过身子来，一把揽住了他的脖子。

"我受不了了，"她哭喊着，就像是落水的人突然间抓住了救命的稻草那般，紧紧地揽住他，"我无法接受你对我的好，这让我心里堆满了愧疚。你打我吧，踢我吧，诅咒我吧！——要不，你是真的爱我的话，在我这样伤害你的情况下依然爱着我，那就请你接受我，收容我，你想怎么样都可以的。请你不要把我赶走！"

她粗粗地呼吸了一下，继续抽泣着。

安东尼诺一把将她搂入自己的怀里，久久没有开口。"你爱我？"他这才大声地喊着，"哦，我的上帝呀！你觉得这点小伤会让我流干所有的血吗？你发现没有，它在撞击着我的胸口，似乎就要窜出来，往你那里奔去？若这话只是在考验我，或者是同情我，那……你还是走吧，我会将今天的种种都忘记的，你也不必为我而感到亏欠和内疚。"

"不是这样的，"她坚决地说，把头抬了起来，那双眸子里满含泪水，目不转睛地望着他，"我得告诉你，我是真的爱你，可是，一直以来我都怕自己会因为爱你而跟你对着干。如今的我不一样了，那次，我们在街上，我们擦肩而过的时候，我就无法控制自己不去看你、想你。此刻，我还要亲吻你，"劳蕾娜说，"若你还不相信，你就这样说服自己：'劳蕾娜亲吻我了，劳蕾娜这辈子只会将吻送给她要嫁的那个男人。'"

劳蕾娜亲吻了他三次，这才休息，接着说："亲爱的安东尼诺，晚安，做个好梦！照顾好你的右手，不准送我，除了你，我谁都不怕。"

她说完就跑了出去，藏在了墙影之中。而安东尼诺却一直站在窗户旁，远远地望着大海，繁星似乎都在海面上欢快地跳舞。

那个身材瘦小的神父走出了忏悔室，之前劳蕾娜在那里跪了很长一段时间，他的脸上带着笑容。"谁知道，"他喃喃自语道，"上帝如此之快就眷顾这颗古怪的心了？我还怪自己没有训诫这个固执的小姑娘呢。我们是凡人，看不见天路。哦，我万能的主啊，请你祝福他们，请您让我能够支撑到这小两口的长子可以接替他的安东尼诺送我渡海的那一天。嗨，嗨，骄傲的姑娘！"

安妮娜

我要讲的这个故事仅仅是一段奇特的遭遇，在这里，一个随意编织而成的同心结被死神骤然斩断。我想，这个结局对于某些读者来说是很难接受的，他们会认为作者过于冷酷无情。然而，在我看来，如果死神的工作就是夺去年轻和美貌，那么它简直就是一位文人墨客。这是因为它将最美好的东西凝结在人们心里，不至于遭受时间的折磨。想想看，生活是何等粗暴，无论多么娇艳美丽的形象，最终都逃不过它的暴行，从而陷入人世间的种种磨难。可是，死神的降临，却使年轻的翅膀逃脱了被折断的命运。春季里的狂风，往往会将数以万计初放的花朵从枝头卷入尘埃——如果有人连这都无法接受，那么最好不要听我的故事。

　　这个故事发生在罗马。那是一个 10 月的午后，晴空万里，一个来自德国的青年画家，带着他的那条拴着皮带的小狗，首次站在"西班牙台阶"之上，走向品丘岗上的园林。他是前一天才抵达罗马的，只想利用剩下的一点时间随便找一个简陋的住处。今天清晨，他就迫不及待地朝着向往已久的梵蒂冈宫中的拉斐尔厅[①]和西斯廷教堂的

---

①原系教皇尤里乌斯二世（1503—1513年在位)在梵蒂冈宫中的居室，内有大量拉斐尔及其学生所作壁画，故名。

穹顶①出发了。正午时分，他来到圣彼得大教堂前方的广场，有点头昏脑涨。于是，就坐在那两座大喷泉之一形成的阴凉处，任由喷出的水滴洒落在他那金色的卷发上。渐渐地，连那最后一批朝参梵蒂冈的游客要么是步行，要么是乘车，都从那巨大的环形柱搭起的回廊中消失了。只剩下这个年轻人独自坐在那里，他居然对湿透的上衣和从头发上滴落的水珠毫无意识。他的心中只有刚刚见到的那一切，仍旧炽烈地燃烧着，将其他尘世间那些粗鄙的意识都烧成了灰烬。

他最终还是被自己的小狗惊醒了。清晨出发的时候，他将小狗托付给了附近一位善良的老皮匠，可是这个小家伙可不像它的主人那样觉得这样的时间容易过，它最后挣脱皮带的束缚，从窗户跳了出来。如今，它正一边呜呜地大叫着，一边扑到主人的身上。年轻人抚摸着它站了起来，这才意识到自己已经变成了落汤鸡。

他的衣服很快就被空中高挂着的炙热的阳光烤干了，此时他才意识到目前还是中午。而他此时正路过各种大大小小的出售食物的店铺，不禁叹息起来，这并不是为了自己，而是为了他那忠心耿耿的朋友。瘦弱的小狗眼巴巴地望着店里那些诱人的熏得红彤彤的火腿及好像花环一样的香肠，一副非常不好意思的样子。年轻人在佛罗伦萨的时候，就已经把仅存的一枚金币兑换掉了，从此就开始过着忍饥挨饿的日子。这样的徒步旅行虽然艰苦，却使他沉醉于途中的美景之中，仅需一点面包和无花果填肚子就够了。可是，这对他而言的视觉盛宴，并不能使小狗的肚子得到本能的满足。忠实的小狗对眼下的困境也十分理解，基于自己的忠诚，

———————————

①梵蒂冈内供教皇作弥撒的小礼拜堂，穹顶上保存着米开朗琪罗等大师所做的数百平方米壁画。

它是不会有所抱怨的。然而，踏遍了城里的每一寸土地，都没有找到能吃东西的地方，现在又要攀登那灼热的"西班牙台阶"，它的感觉可是差极了。

年轻人对小狗此时的心情十分理解，于是便对它说："瓦克洛斯，安静一点。咱们今天不会再饿着肚子睡觉了，一回到住处，我就请皮娅夫人到对面那家店里，赊一段你早晨看上的那种香肠回来。虽然咱们衣着简陋，但她对咱们还是非常信任的。稍微把你的食欲控制一下吧，想想看，这里可是罗马。你要知道，很多名人都曾在这里饿过肚子，他们只要站在拉斐尔的太阳之下，哪怕喝着汤，就非常开心啦！"

年轻人一边爱抚着小狗的头，一边继续前行。然而，当小狗热乎乎的舌头贴到他的手上时，他还是不由自主地产生了一丝焦虑情绪。这样下去撑不了多长时间了！虽然他性情洒脱，却也无法忽视现实。由于他没有遵从父亲的意思，拿着自己那不值得一提的积蓄走出了家门，现在他自然是无法寄希望于家里。而他又不认识那些出入豪华饭店的德国同胞。况且他天生一副傲骨，绝不会向陌生人乞求施舍。再有，就是他的房东皮娅夫人，昨天他一入住，就对这个有着一头漂亮卷发的年轻人产生浓厚的兴趣，马上就要求他为自己画像，据说这幅画将被送到她的丈夫卡尔帕奇先生那里。而这位先生则因两年前的一起微不足道的伤害事故，被判服苦役。这位在家守着活寡的皮娅夫人，脸上布满了数不清的麻子，那真是一张丑陋的面孔，再加上刻意做出的甜蜜表情，简直让年轻的画家厌恶至极。特别是他今天的灵魂已经由美神通过一位杰出的人物的手笔，得到了最伟大、最美丽的艺术熏陶，这样，他更加庄重地向自己宣誓：

宁愿自己和自己的小狗被推下塔尔佩吉的悬崖^①，也不会用自己的画笔给杰出的前辈脸上抹黑。

　　年轻人靠在一堵低矮的石墙上沉思着，将他这一路上的绘画创意挨个思索了一番，觉得它们连亲吻一下米开朗琪罗那《德尔斐城的女先知》^②的衣角都不配。突然，他发现瓦克洛斯正暴躁地发出一连串威胁的声音，这说明附近出现了一个它的敌人。虽然它的名字并不响亮^③，可内心却勇猛无比，它总是和身躯远远大于自己的同类大打出手，可以看看这些证据，那撕咬开的耳朵和黑黝黝的身体上的伤疤就是证明。即使饿着肚子，它那毫不畏惧的气概仍不曾减弱。目前，它看到一只巨大的牝犬正瞪视着自己，于是更加勇猛地一边狂吠，一边作势要挣脱皮带，以示自己绝不退缩的决心，还可以表示哪怕双方的战争没有打响原因也不在自己。

　　虽然那只巨大的牝犬并没有发出任何叫声，但它似乎也不打算就此不了了之。此时，它正处于主人手中那条铁链的束缚之下，那是一个和女友一起在附近散步的罗马少女，她已经无法将自己的爱犬拉向前进的方向了，因为对于牝犬来说，回避对手的宣战显然是一种莫大的耻辱。于是，它突然狂吠一声，一跃而起，将自己的主人和他们之间的铁链一起带向那位德国挑战者。同时，年轻人也被自己那充满勇气的小狗拖着向前走了一段距离。

　　"莱纳多，快回来！"

---

① 罗马刑场，罪犯在此被推下悬崖摔死。
② 《德尔斐城的女先知》是西斯廷教堂里的一幅名画。德尔斐系希腊城名，阿波罗神庙所在地。
③ 瓦克洛斯，意为"缺少勇气"。

"别叫了！瓦克洛斯，别叫了！"

在那同一瞬间，年轻人和女孩同时喊了起来。可是，两位勇士正在进行激烈的角逐，瘦小的瓦克洛斯跳起身向笨重的莱纳多耳部咬去，莱纳多也转身张牙舞爪地扑向敌人。年轻人使劲拉扯着皮带，而女孩则努力地想要将自己的芊芊玉手从越来越紧的铁链中挣脱出来。这时，和平的使者却突然降临了，两位勇士停止了打斗，满怀敬意地互望着对方，并开始用鼻子互相嗅着，打起善意地招呼来，就像两个友好的伙伴在聊天一样。莱纳多巨大的黄色前爪温柔地搭在瓦克洛斯背部，瓦克洛斯则用自己那热乎乎的舌头舔着伙伴那宽大的黄色铜质项圈。正所谓不打不相识，瞧它们现在的亲密劲儿，一时半会儿肯定是分不开了。

年轻的罗马女孩做了一个准备离开的姿态，而德国青年可不这么想，他此时正呆呆地望着那张漂亮的脸蛋。刚才那好笑的突发事件，使她在茫茫人海中站到了他的面前，虽然既害羞，又不知所措，不管是美还是丑，她已经无法逃避青年那灼热的眼神将自己上上下下看了个够。她戴着宽阔的佛罗伦萨草帽，耳朵上有大大的耳环，服饰简单雅致。现在，她的脸颊正半转过去，一个妙龄少女独有的纯洁无邪的可爱侧脸呈现在年轻人的视线中，他不失时机地看着她那美丽而浓厚的黑发，丰满的下颌和洁白的颈部，还有那无比纤细的身姿。

年轻人就这样呆立许久，才意识到自己有责任去打破这尴尬的局面，因为女孩还害羞地低着头，视线一直落在地面上。

他用一口熟练的意大利语对女孩说："小姐，请原谅我这条缺乏管教的小狗破坏了您的雅兴，但我却无法为此而惩罚它，因为如果没有它的冒失，我也没有机会和勇气与您搭讪的。如果您不嫌弃的话，希望我们可以一起散步一会儿。何况让两个新伙伴就这样各奔东西，"他向两只狗指了一下，"实在是太残忍了。"

女孩没有说话，只是用火热的眼神从年轻人脸上扫过，好像希望借此看出这个人是不是可信。然而，就在她犹疑不定的时候，她那个始终在一旁将他们彼此的尴尬模样当热闹看的女友，已经抢先开口了，看得出她是个开朗外向的女孩，"没办法了，安妮娜，他们现在是三比二处于优势，看来我们也只能等着莱纳多心甘情愿地离开它的新伙伴了。如果它执意不肯抛下这个伙伴，我们就只好用一些美食刻意将它们分开了。Signore①，您懂音乐吗？您仅需高歌一曲 canzone②，便能够将它吓跑，特别是德国的 canzone。"

"谢天谢地，我不懂音乐。"年轻人满脸微笑地说。同时，这支新组成的小队伍，已经在两只狗的带领下开始前进了。"您怎么知道我是德国人呢？"

"不是通过您的口音，"那个开朗的女孩马上答道，"而是因为您一对安妮娜说话脸就红了。我们这里的小伙子们可没有这么敏感，都是些废物！我以前认识一个比您年龄大很多的德国人，他也总是红着脸，他每次对我——您的年龄到底多大呢？"

"22 岁。"

"您叫什么？"

"在德国的时候，人们都叫我汉斯。不过来到意大利之后，我就换了个自己喜欢的新名字——乔万尼。"

---

①意大利语，"先生"之意。
②意大利语，"民间情歌"之意。

年轻人偷偷看了一眼旁边的安妮娜，通过她微微翕动的双唇，他知道她正在默念着这个具有异国情调的名字。

　　然后，他们肩并肩地继续向前走，都没有说话，不一会儿就来到了公园里一个比较安静的角落。在这里市区已经离开了视线，萨宾山和卡帕尼亚平原却映入眼帘。初秋时分的天气暖洋洋的，阵阵芳香扑鼻而来，大家都惬意地呼吸着，同时，三个人又各自用自己独特的想法思索着这次老友见面般的散步和美好秋日里的巧遇。开朗的拉娜此时已经产生了一大堆胆大妄为的念头。她用手中的太阳伞遮住年轻人的视线，使他看不见她的脸。同时凑到安妮娜耳边不停地说笑着。而安妮娜则非常端庄得体，显然对拉娜有失礼节的表现有所不满。拉娜忽然转向年轻人，肆无忌惮地注视着他的面孔问："乔万尼先生，您的家里一定有着一个小情人吧？"

　　"我想您提出的这个问题是真诚的，"汉斯答道，"所以我也真诚地给您一个答案，那就是没有！"

　　"可是您的手指上戴着戒指呢？"

　　"那是我母亲送给我的。"

　　"瞧瞧，现在大家都在说这样的谎话。在我们这里，没有母亲会送儿子戒指，这是别的女人的权利。"

　　"这是我母亲临终的时候送给我的。她让我一直戴着这枚戒指，到订婚为止。可是估计这还早着呢。"

　　说着，他又偷瞄了安妮娜一眼，此时她正低着头，神情肃穆，脸上带着一种若有所失的愁绪，那是一种和她的美貌与娇弱并不协调的悲伤神情。汉斯想，如果能够博得安妮娜红颜一笑，做出什么样的牺牲都无所谓。这时，拉娜也因为这个答案的严肃性而安静下来了。于是,他就将自己的旅行经历讲给她们听。他讲得颇有兴致,将自己起初因为对各地的语言和风俗一窍不通所导致的尴尬局面,还有他的小狗给他引来的麻烦,都一一道来。慢慢地,一个友好的氛围被营造出来了。于是,他将话锋一转,夸起了美丽的意大利以及生活在这里的同样美丽的人们。拉娜急着问他,最喜欢什么地方的女孩。因此,他又将自己在各个地区遇到的女孩们也向她们讲述了一遍,其中包括令人失望的伦巴底女孩,和他在夜半时分为之画像的拉狄科伐尼两姐妹。说到这里,她们便闹着要看他的写生册。于是,在接下来的时间里,女孩们开始坐在山坡旁的凳子上,慢慢地翻阅写生册,他就站在一边,为她们做解说,告诉这些画像的来历及主人的特点,还跟她们说,为了这些画自己还采取了不少大胆的策略。这时,瓦克洛斯正卧在草地上打瞌睡,莱纳多也睡得正香,它那硕大的头部还枕着伙伴的后背。小鸟欢快的叫声从远处传来,一个赶车人唱着民歌从山坡下飞奔而过。

拉娜将写生册翻了一遍之后,将它放在安妮娜怀里,问道:"怎么没有在罗马画的呢?"

年轻人答道:"昨天我才来到这里,但是我已经发现了一张温柔与高贵并存的完美脸颊,如果上天能够给我1个小时认真地看着它,并将它凝结在我的写生册中,那我的人生真是太美好了。"

说这句话的时候,他刻意不去看安妮娜。安妮娜也只是一味地将写生册翻来翻去。

开朗的女孩摆出一副纯真的表情问道:"那么,您是否知道这只凤凰的名字呢?还是您总通过脸红来透露出自己的秘密呢?"

"即使知道她的名字,对我而言又有何意义呢!"他一边感受着自己加速的心跳，一边说，"在她看来，我不过是一个异域来客，也许将来再也没有见面的机会了。"

"您的话也没错，"拉娜干巴巴地说，"何况，这样对你们两个人而言并不一定是什么好事，起码对您来说是这样的。因为您对她到底有没有心上人还一无所知呢。"

这时，安妮娜忽然起身。

"拉娜，看看我们都干了些什么！"她说，"我感到天已经凉下来了，太阳都快落山了，而我们还在这里待着，要知道，我们只被允许出来1个小时呀。"

"我们这就走哈，宝贝！"矮个子的女孩一边将太阳伞收起来，一边攀上安妮娜的手臂说，"你只要大着胆子回去就是了，把一切都交给我，我会让爸爸忘记骂人的，即使像狗熊一样的贝佩先生也顶多嘀咕几句。再见了，安斯①先生。如果您与您那美丽的凤凰再次相遇，记得替我问候她。不过您可要当心，不要试图探索她的巢，因为那里还守候着别的目光犀利、尖牙厉爪的猛禽呢。对不对，安妮娜？"

漂亮女孩在之前一直是惨白的脸庞，此刻却瞬间涨红了。

"先生，多珍重！"她用温柔的口吻说。年轻人向她伸出了手，她犹豫着用自己那毫无温度的手与他握了一下。

"小姐，"他问道，"我们还可以再见面吗？"

她带着几乎是吓坏了的表情摇了摇头。

"不！不！"她急忙说，然后便扭身离去。

拉娜背着她偷偷地对汉斯打了一个不明所以的手势，然后便去牵狗了。莱纳多显然不想和它的新伙伴说再见，却不得不垂头丧气

---

① 将汉斯念走了音。

地跟主人离开。年轻人只好目送她们走远。

"瓦克洛斯，又只剩下咱们俩了。"汉斯抱起懒洋洋的小狗，将它放到凳子上说，"而且她对我说永别！不过，这只限于今天。要是等到明天，等咱们休息够了，就可以动身把这座罗马城整个搜寻一遍。如果你不能将你那慈厚的莱纳多找出来，可就给所有的犬类丢脸了。如果你帮我找到它，我就让你成为世界上最幸福的小狗，早餐吃 Salami ①，晚餐吃 Gallinacci ②，还可以让你们整天都开心地玩Morra ③。"

小狗用兴奋而又期待的眼神望着他，一边小声吠叫，一边跳下凳子，表示非常乐意立刻为这样的奖励展开行动。这时，太阳正爬在地平线上，红彤彤的夕阳映照着周围的丛林，远处的群山上雾气升腾，灰蒙蒙的阴影正在将坎帕尼亚的丘陵吞没。年轻人那双曾经只为造物主的神奇而凝神四望的眼眸，如今却好似被一层闪着金光的薄纱遮掩，将全世界都挡在了外面，只要稍稍揭开一点，便闪现出一名少女婀娜的身姿和一双神秘而明亮的眼睛。此时，他对罗马城的壮丽景色已经完全视而不见，那著名的矮墙和圣彼得大教堂的圆顶，都无法再吸引他的注意力。这一天内，他已经目睹了《德尔斐的女先知》和罗马少女的无限风韵，这难道还不够吗？他的双眼再也不想接受其他景致了。于是，年轻人便通过陡峭的石阶，回到了自己那小小的栖身之地，面对孤独、空洞的阁楼小屋，四壁都是白花花的一片，他的内心却洋溢着无限美好的感情。他拉上了窗帘，

———————
①意大利语，"腊肠"之意。
②意大利语，"炒鸡蛋"之意。
③意大利语，"猜拳游戏"之意。

只露出靠近屋顶的一部分窗户，好让光线透进来，让自己的孤单只面对一线天空。然而，不一会儿房东太太便来到了他的房间，在一番嘘寒问暖之后，又送来了酒菜，而且亲自服侍他和他的小狗用餐。这是由于她看出瓦克洛斯深得主人喜爱，而自己又有意于它的主人，便把讨好这只受宠的小狗作为迈出行动的第一步。于是，大块大块的美食从她的手中送进了瓦克洛斯的嘴巴，而瓦克洛斯的模样也被她夸张地称赞了无数次，就连它能听懂意大利语这一点也得到了她的百般称赞。汉斯对她的百般纠缠早已厌恶至极，又不好将她赶走。要知道，如果没有她的恩惠，他早就饿死在罗马街头了。可是，面对再次为她画像的提议，他实在是不胜反感，只好编造各种理由来进行搪塞。之后，他以疲乏困倦为借口，把门关得结结实实，并且毫无必要地用桌子从里面顶住了门，可事实上他并没有马上去睡觉。

　　接着便进入了10月，他把剩下的那些时间平等地划分给梵蒂冈和罗马城，拉斐尔和安妮娜。而两者之间的不同之处就在于一个是展现在眼前的，另一个却逃出了视线，找不到一丝踪迹。然而，他很快发现，如果自己再不与安妮娜见面，就什么事情也做不成了。每次他准备在自己的小阁楼里开始工作的时候，就会独自对着毫无装饰的墙面发呆。然后，他就会招呼小狗一起像没头的苍蝇一般在城里瞎转，一直到天完全黑下来，连乞丐都走了，只剩下空荡荡的街道，他才垂头丧气地往回走，现在连和瓦克洛斯聊天的心情都没有了。汉斯曾经将希望寄托在小狗的鼻子上，然而小狗却没能胜任这项新的工作，致使他们之间的友谊陷入了低谷。甚至有一天，瓦克洛斯将一只大笨狗误认为莱纳多，兴奋得又叫又跳。弄得善良的汉斯的心怦怦跳个不停，可是，他很快就看出这不过是一场误会，于是便选择听天由命，不对任何的凡间生物抱什么希望了。

10月就这样即将结束了。在月末那天的午后，汉斯在瓦克洛斯的陪伴之下，心事重重地来到郊外，而此刻的瓦克洛斯则全身心地投入到扑蝴蝶和逮田鼠的游戏中去了，并不打算给他的主人丝毫安慰。突然，瓦克洛斯停在了街道中央，并且把它的小鼻子高高扬起，右前爪也举了起来，之后便毫不犹豫地冲向一家小酒店。汉斯对这种郊外的街边小店毫无兴趣，他可不想在这里将自己的最后一枚铜板掏出去。于是，他站在门口，气冲冲地呼唤瓦克洛斯。小酒店黑暗的门廊直通一个种着树木、放着凳子的花园，那里有几个马车夫正在喝酒。一般来说，在秋高气爽的10月末的这一天，罗马郊外的花园中都满是欢歌笑语，热闹非凡，而这里却只有一面手鼓发出孤单的乐声。忽然，在瓦克洛斯尖细的嗓音中，出现了一阵粗重的吠叫声，汉斯顿时愣在了当场。那正是期盼已久的莱纳多的男低音啊！没错，瓦克洛斯很快就兴高采烈地跑了出来，身后跟着的正是它那失而复得的好伙伴。它们显然是觉得花园里空间太小，不足以让它们尽情地撒欢。

汉斯全身颤抖着飞奔到花园中。他马上看到，在花园的尽头，一个葡萄架下有一个身着浅色衣裙的少女的身影急剧转着圈，翩翩起舞。旁边还坐着一名打手鼓的少女，侧面对着汉斯。这对汉斯来说，是多么的难能可贵啊。

他被这突如其来的幸福惊喜得几乎站立不住，于是就在旁边的一条凳子上坐了下来。小酒店的主人立刻为他奉上美酒和面包，还有一盆橄榄，但他并没有去动这些美味，而是目不转睛地盯着那个葡萄架。他很快就发现，那如困鸟抒发内心的郁结般恣意舞动的正是拉娜。还有一位显然是安妮娜父亲的老者，他在嘴唇上方留着一撮卷平的丘八式胡须，一道明显的刀疤横向刻在他的左眼之上。还有一位熊一般的男子，坐在安妮娜身边，并且不时地附在她的耳畔低语，他是什么人呢？虽然这个人衣冠楚楚，上衣上还别着一支鲜花，但他头大如斗，虎背熊腰，一脸蠢相，看上去又丑又憨痴，简直就是一头狗熊。他究竟对安妮娜嘟囔了一些什么事情呢？她看起来一点都不愉快，她低着头，脸上不带一丝表情，两只手机械似地在那面挂着铃铛的手鼓上击打着，到拉娜喊了一句"好了"才停下来。她身边的男子适时地拍了拍手。很明显，大家会坐在这家郊外小酒店的葡萄架下，都是拜这位先生所赐。汉斯清楚地看到，当拉娜结束舞蹈，想要和安妮娜到外面散步的时候，他便起身堵住出口，强烈地反对着。显然，他对外面那双痴迷的眼睛早有察觉。这时，拉娜也看到了这位异国朋友，然后便在安妮娜耳边小声说了几句。可是，安妮娜并没有转向汉斯这边，也许是并不在意，或者还有其他原因。而葡萄架下的氛围也在此时紧张起来，首先感到不舒服的就是那位男子。

他忽然出声说："安妮娜，你怎么了，脸色这么难看？等爸爸喝了这杯，我们就回去吧，否则太阳一落山，天气就更冷了，现在我们可以说是在正儿八经的娱乐当中度过了 10 月的最后一天。"

拉娜的脸上不禁微微闪过一丝冷笑。安妮娜则带着憔悴的苍白面容，静静地搀起已有些许醉意的父亲走了出来。那名男子马上扶住她另一侧的手臂，在从年轻人身边经过时，还刻意用他那肥硕的身体将柔弱的安妮娜挡得严严实实。开朗的拉娜独自走在最后，悄悄地对年轻人做了一个无奈的姿势，意思是说自己会和他们一起来到这荒郊野岭纯粹是迫于无奈。之后,她又示意年轻人不要跟着他们。然而,此时的汉斯是无论如何都不会放弃追踪的。但为了不引起别人的注意,他还是小心翼翼地跟着,保持一定的距离。而让他无法理解的是,为什么连拉娜都不敢跟他说话了?他很清楚她对自己并没有厌恶之情啊。

不过,这个问题在当晚就得到了答案。他跟着这四个人来到了维多利亚大道,看着他们走进一座非常豪华的住宅。那名男子在进门之前,还充满敌意地回头瞪了他一眼。他经过紧闭的大门时,内心感觉非常复杂,不知究竟是喜悦还是失望。他在昏暗的大街上徘徊着,忽听身后有人在小声招呼自己。原来是拉娜急匆匆地走了过来,她冲着汉斯眨了一下眼,示意有话要和他说,脚下却一步也没停地超过了他,并打了一个跟我来的手势。汉斯就这样跟着拉娜来到了罗马城的中心,她最终在万神庙前圆柱底下的一处阴影中停了下来,并示意汉斯靠近一点。

拉娜气冲冲地用手指着汉斯说:"安斯先生,看看您的杰作吧!难道您看不出来我们不想和您进一步交往吗?您为什么总是像雷声追随闪电一样紧紧地跟着我们呢?您这么做唯一的后果就是让狗熊更加严密地将不幸的安妮娜控制起来,并且用他那恐怖的怒火燃烧整座房子,连墙壁都会吓得瑟瑟发抖。安妮娜本来已经接受了上天的安排,将承受痛苦作为她的本分。可是,您竟然厚着脸皮让这个不幸的人又背上了一副重担。都是您的这条死狗惹的祸!"说着,便用遮阳伞打向不明所以的瓦克洛斯,小狗慌忙躲到一边去了。

青年只好恳求道:"拉娜,好姑娘,请您放过我的朋友吧,今天全靠它我才能够再次遇到您呀!"

"遇到我？"拉娜用嘲讽的语气说，"先生，没必要拐弯抹角的，我直说吧，首先，我知道您已经疯狂地爱上了安妮娜；其次，虽然安妮娜贤淑美貌，但您必须彻彻底底地忘了她，而且现在就对我发誓，再也不要来纠缠她了，就像您今天那样的跟踪行为，我是坚决不能容忍的。"拉娜用坚定的语气说，"我绝不允许您继续伤害那可怜的人，我可以告诉您，对她使这种基督善心的人除了您之外还有的是！"

　　"拉娜！"青年不禁激动得大叫道，"您这么说是什么意思？难道那只蠢熊真的垂涎于美丽的安妮娜吗？我不相信！"

　　"行了！"拉娜打断他说，"那只蠢熊的钱包就像他的身躯一样肥大。如果在这个世界上只有他和安妮娜两个人就好了。要知道，就在这罗马城中，想分他一半财富而打算嫁给他的女孩有的是呢，除了我那品味怪异的安妮娜之外。您知道吗，她居然会出人意料地看上您这样的男子。在她看来，您和贝佩先生就好比大卫和歌利亚①一样。的确，单凭您的穿着来看，就能看出您口袋里的东西比脑子里的要少得多。"

　　"拉娜，她真的对您说过，她还是挂念着我吗？"

　　"说什么？您对她根本就没什么了解，而我却非常了解她。所以，我是不会让你们再见面的。您要知道，狗熊对她的控制是没有人能够解除的。他宁愿把她撕碎毁掉，也不会放手。现在，老头子的心已经彻底被他的女婿抓住了，丈母娘又久病在床，不得不将自己的命运交给神父们。而这些神父对贝佩先生的钱包比对上帝还要忠诚。善良的乔万尼先生，如果您真的有一颗善良的心的话，我想是有的，因为您毕竟是爱着安妮娜的，愿意为她着想的。就请您拿着

——————
①典出《圣经·旧约全书》，歌利亚是非利士族的巨人，被年轻的大卫杀死。

行李，走出波普罗门，回您的家里去，只要您不再诱惑凤凰，跟一群鸽子或者一堆的夜莺在一起都和我没有任何关系。我平时总认为男人都有一颗坏心肠，但是我相信您的内心是善良的，所以我把您当作朋友，才这样告诫您，不知您能明白我的意思吗？再见，先生！"

拉娜说完之后就快步离开了，将年轻人独自留在那圆柱的阴影里，她希望能够在太阳落山之前回到位于台伯河对面的家中，却将汉斯一个人留在那阴暗的角落里发呆，心中波澜起伏，既伤心，又高兴。他怎么能够想象，在与她再次相逢，并且得知她也同样牵挂着自己的时候，却必须跟她说永别。这就像他那脆弱的心灵刚要完全浸入无边无际的幸福之海的时候，却突然看到四周布满了锋利的礁石，将自己围困起来。而贝佩先生那庞大的躯体正在岩石的顶端，俯视着他那惨败的对手，搓着自己那戴满戒指的肥手，满脸是邪恶的笑容。

汉斯又伴着自己的胡言乱语，疯疯癫癫地在外面狂奔了1个多小时。瓦克洛斯则无精打采地默默跟着他。

"那群出卖灵魂的东西！"他愤怒地自言自语道，"他们居然毫不在意地将一枚无价瑰宝，随随便便丢给了第一个愿意掏腰包的人。须知，即便是一国之君，也没有资格买下它。因为，只要它被人买下来，便会陷入暗无天日的生活，被禁锢在那些发霉的箱子里，任谁也无法再窥见它的一丝光芒。看看那个该死的混蛋吧，他从我面前走过的时候，是多么洋洋自得！是的，他可以自鸣得意，因为他已经紧紧地将她攥在手心里了。他让狗伴在她的左右，最多在节日里才带她到荒郊野外的小酒店去，这样能让他在那些贫穷的当地人面前装出一副大慈善家的样子。难道我就不能对这么一个混蛋心存嫉妒吗，就不能去打破他的宁静吗？就算整个罗马城的神父和所有地狱中的鬼怪都是他的走狗，我也一定要和那位美丽的女神再次相会，要从她自己的嘴里知道是否可以对她施以援手，我是否可以对她施以援手！"

　　既然目标已经确定下来，汉斯也就不那么癫狂了，但是，对于达成目标的方法，他根本没有去想。接着，他又不由自主地回到了维多利亚大道，在安妮娜家门口的一块大石头上一直坐到夜半时分，脑子里思慕着她那俊美的忧容，希望与爱慕在胸中燃起。

　　当汉斯第二天一大早在焦虑中清醒过来之后，他便自然而然地看到了自己的希望是何等渺茫。因为即便是汉斯这样想象力丰富的艺术创作者，也不会将爬到意中人的屋顶上点把火，然后再来个英雄救美，当作是个好办法的。更何况贝佩先生也不会乖乖地让自己葬身火海，来成全他。而采取人们通常所使用的直来直去的办法，看起来也不会取得什么令人满意的效果。还有一种似乎存在一点希望的办法，就是直接去求那个老财迷，让他不要急着将女儿卖出去，等汉斯一举成为知名画家，再风风光光地前来求亲。接下来的日子里，年轻人不停地在自己心中编织着美丽的幻景。在这期间，他只做了一件与现实沾边的事情，那就是强忍着心中的反感，稀里糊涂地着手创作皮娅圣母像。这时，只见皮娅夫人戴上她的黄金饰品，浑身裹在绸缎当中，还不忘用一只手托着她那倒霉的丈夫入狱之前送她的最后一样礼物—— 一只绿色的鹦鹉。同时，汉斯还在草拟另外一幅作品：利百加在井边给埃里亚人水喝[①]，他想要将画中的女孩创作成安妮娜的样子，而那位得到女孩所赐甘露的虚弱旅者则是自

---

① 典出《圣经·旧约全书》。

己的样子。他曾经认为，只要能够再次见到安妮娜，就可以大获全胜。他的想法是对的。很快，皮娅夫人的肖像已经画得惟妙惟肖，到了让人浑身起鸡皮疙瘩的程度。他那幅草稿也初具规模，并且被一名犹太人看中，这名犹太人总是喜欢在那些年轻的无名画家之间转来转去，他预付了一笔定金给汉斯，后者则一接过钱便飞奔到维多利亚大道去了，他昂首挺胸在那条街上反复奔跑了不下10次。如果贝佩先生在这时遇到他，也必然要为他让路。否则，那头狗熊一定会被他撞倒在地。

虽然汉斯天天在维多利亚大道徘徊，但还是没有见到安妮娜。房子里的百叶窗一直紧闭着，犹如铜墙铁壁。他有时能够看到安妮娜的父亲叼着烟袋，站在窗前。老人家面带微笑望着街道，好像并没有留意到汉斯。即使汉斯对这位美女的父亲脱帽致意时，他也不曾稍加注意。强行闯入或者偷偷联系的方法也是行不通的。这是由于邻居们很可能早已被贝佩先生收买了，他们对于这位一天来两趟的异国来访者，已经有了一些猜疑，以至于都不肯和他谈笑。而汉斯只能在每次经过那栋朝思暮想的房子时，挠挠瓦克洛斯的耳朵，让它发出吠叫声。这时，莱纳多那耳熟能详的男低音也随之而起。只是它的声音闷闷的，好像在抱怨自己失去了自由。

11月的几个星期就这样过去了，一个前所未有的初冬已经来临。冰冷的雨水被强烈的寒风裹挟着，席卷了整个罗马城，所有的罗马人都蜷缩在大袍子里，不敢从咖啡馆中走出来。异乡人则只好用木炭点起火盆，蹲在旁边瑟瑟发抖，狂风从他们的烟筒里吹进来，带出股股浓烟，将他们呛得半死。这样的天气使人不敢轻易走上街道，除了我们的汉斯，他的大衣已经留在了佛罗伦萨，暂住的小阁楼又千疮百孔，怎么都热乎不起来，他还完全像过去一样每天都在维多利亚大道上走来走去。只是每一场雨，都会浇灭他心中的些许希望和勇气。就在这样一个风雨交加的黄昏，当他躲在圣卡洛教堂那宽大的门洞里取暖的时候，遇到一个人匆匆忙忙地从教堂里走了出来，打开一把绿色的大伞冲进风雨之中。虽然她的脸整个被面纱遮住了，身体也全部罩在袍子和披巾里。但加速的心跳使汉斯确定，刚才一定是安妮娜的裙裾从他身边飘过。于是，他马上向前追去，正好她也停了下来，用力撑着伞抵御风雨。他默默地为她撑起了伞，使它坚定地遮挡在她的上方。

"我们在前面街角拐弯，"他并不看她，只是小声说，"跟我来，那儿的风比较小。安妮娜，看在上帝的份上，请你一定要赐予我这转瞬即逝的美好时刻，天知道我们是否还有机会再次见面啊。"

面纱掀了起来，露出安妮娜无助的眼神，她一言不发，只是静静地走在他的身边。他发现她的脸色比以前更加苍白了。说不清到底是有意还是无意，总之，他前进的方向并不是维多利亚大道。而安妮娜则像梦游一般，睁着无神而悲伤的大眼睛，默默地跟着他走着，并未发现这一点。此时两个人都没有说话，只能听到雨滴砸在伞顶上的沙沙声。就这样走了好一阵子，汉斯才突然能够开口说话，他把自己这几周以来积累在心中的苦闷全都向她和盘托出，毫无隐瞒。其中包括他对贝佩先生的憎恶，以及誓死都要将她从贝佩先生那里解救出来的心意，当然还有他自己目前的穷困潦倒。然而，对于爱情，他却只字未提，似乎这一点对于他们两人而言已经不是问题。安妮娜也没有丝毫反对之意。他抓起她的手，牢牢地攥在自己手中，尤其是在说到他的对手，和他只能眼睁睁地看着她受苦所带来的痛楚时，攥得就更紧了。而她也并未将自己的手抽出来，此时此刻，即使汉斯忽然想要吻她，她也必定会献上双唇。然而，他内心的剧烈波动，反而弱化了其他的感觉。

"安妮娜，"他激动地对她说，"我们是多么的不幸。即使现在这天赐的相聚时光，也无法尽享欢乐。如今，你那让我日夜思念的脸颊就在我的眼前，甚至连我们的呼吸都碰撞到了一起。可是，这一切却只能让我更加痛苦，为了你的处境，更为了我自己的懦弱无能。亲爱的，你来告诉我，我该怎么办？只要你说出来，让我抱有希望，我保证会坚决地努力到底。如此一来，我们一定会取得最终的胜利，并且可以与一切妖魔鬼怪进行斗争。"

安妮娜听了他的这些话，温柔地牵着他的手，沉默了片刻。

"汉斯，"她用柔和而微微颤抖的声音努力地读着那个外文姓名说，"慈悲的上帝让我有机会将内心的想法告诉你。我心里沉甸甸的，继续这样可能就要爆炸了。在我看到您每天风雨无阻地出现在我家门口……"

"你看到我了？"

"是的，我每次都在百叶窗的后面，只是他们不让我将它推开。每当您离开的时候，我就心如刀绞，真想痛痛快快地跳下楼去。然而，仁慈的上帝不允许我这么做。天哪，乔万尼，为什么要让我们相遇呢？虽然我一直都不开心，却不知道原因何在。可是现在，我这一生算是很明白了。"

"你怎么能这么说呢？"汉斯再也无法控制自己的情绪了，说道，"难道你和那头蠢熊已经在上帝和大家的面前举行婚礼了吗？难道获救的希望不是每天都存在吗？"

"不，"安妮娜说，"不是这样的，如果我那么做会把母亲气死，父亲也会一同咒骂我的。就算贝佩先生现在就命丧黄泉，对我们来说也毫无意义。您是路德派，而非天主教徒，他们是绝对不会同意自己的女儿嫁给一个路德派的。"

"安妮娜！"汉斯惊愕地喊道，"如果，如果你拥有自由，如果你不必获得父母的许可——"

"我会祈祷上苍将仁慈的光芒射入您的心田。然而，这也毫无意义，我很清楚，只要我活着，就必须嫁给贝佩先生，除非，我在这之前就死去。因此，我们必须一刀两断，别无他路，如今不会再有任何奇迹产生了。"

"安妮娜，你怎么可以这么想！"汉斯愤怒地喊叫着，将她的手松开。

"请您多保重。"女孩颤声央求道，"如果您失去了希望，我又该如何呢？希望您能忘了我，回到自己的家乡，为别的女孩戴上您母亲的戒指。而我，则会留在这！"

她努力地抑制着心中的痛苦，已经说不出话来。

"您看，"稍候了片刻，她又用一种不可言喻的眼神望着汉斯说，"的确不可能再有奇迹出现了。但是，在这个世界上还存在着一位殉道者，很多人都曾将自己的鲜血和耶稣那珍贵的血液混合饮下。而我又有什么理由拥有更好的命运呢？难道就因为我的青春吗？这样的话我就更应该多学习如何忍受苦难了。但是，我想要在生活全部陷入黑暗以前，再享受一次太阳的光芒。嗯，我有一个想法。"她的脸上泛起了红晕，更小声地接着说："我记得您曾说过，想要为我画一幅肖像。我想好了，我要接受这个要求，这也没什么错。下面，您要记住我们的计划，只有这样才能避人耳目。再过三天，贝佩先生就要到远方的阿西西去经商，他会走上一段时间。在他离开后两天就是礼拜日，我会早早地到礼拜堂去。那时，我会想办法独自出来，之后就到您住的地方去。然后在那里停留两三个小时，到时候我们就能够好好地谈心了。不过，您一定要答应我，绝对不能提到'爱情'这两个字。我们要像老友那样，敞开心扉畅谈一番。我会在中午戴上这块面纱离开，避免被人认出。你知道吗，如果贝佩先生知道了这件事情，一定会把我杀掉的。你要相信我，他不是个坏人，不过一生气就六亲不认，一嫉妒就大发雷霆。还有一件事，就是我想要一张您的小幅画像，那样我就可以把它夹在祈祷书里。您愿意作为纪念物送给我一张吗？"

"安妮娜，"汉斯大叫起来，"安妮娜，你说的都是真心话吗？为了我，你真的肯这么做吗？"

"是的。"安妮娜露出了柔和的微笑，回答说，"我已经决定了，即使失去生命也不会反悔。其实，我早就有了这个计划，本来想让拉娜转达给您。如今，我可以亲口告诉您，真是太好了。我认识您的住处，我曾路过那里，透过窗户看到了您的小狗。如何？您能够信守承诺，让我们不会在必须分手的时候太难过吗？"

汉斯久久没有答话。安妮娜便拿过他手中的雨伞，说："请珍重！现在我要一个人回去了。希望在我们约定的日子以前，您不要再到维多利亚大道去了。如果引起怀疑，我就会被看得更紧，没等到您那里去，就已经丢了性命了。汉斯，再见了！再见一面，之后就是永别！"

安妮娜用饱含深情的眼神和芊芊玉手与他挥手道别，将他独自一人留在了他们刚才停下来交谈的一条古老而空旷的长廊上。一直到她的倩影从他的视线中消失，他才产生了一种想要追上她，将她拥入怀中的冲动。最后，他还是忍住了，因为他不想因为自己的一时冲动，把她已经计划好的事情弄砸。

这天晚上，汉斯久久无法入睡，不过这并不是因为痛苦。虽然他心中那美丽的幻象已经破灭，但他还是拥有某种幸福。这感觉就像小时候对圣诞节的期盼，一个愉快的声音在心中响起，难以平静。初冬的寒风呼啸着在他的小阁楼四周徘徊，暴雨倾盆而下，砸在那已经被吹得摇摇欲坠的窗户上。汉斯呆呆地望着床头那盏铜质油灯中微弱的小火苗，在这四面透风的房间中，它随时都有熄灭的危险。直到此刻，汉斯才开始对自己这简陋的小小住所产生不满。难道就让她到这样的一个房间里面来吗？难道就让她坐在一把被虫子蛀食的褪色的圈椅上吗？还有，她用什么来放脚，用什么来喝水呢？瞧瞧那熏黄的天花板和凹凸不平的木质地板，真是太难看了！如果不能让它们全部都改头换面，汉斯一定会抱憾终身的。因此，他开始连夜整理房间，将蜘蛛网从屋顶的角落中扫除，将胡乱摊在地上的物品放进一个老式柜子里，或者摆放整齐。当这一切刚刚收拾停当，灯就被风吹灭了，他只好上床睡觉。如今，他心满意足地听着外面狂风暴雨的咆哮声，认为它们已经无法再破坏他的幸福了。他的心中充满期待，只要5天，春光就会照进他这冰冷的小屋。他坚信，到了那时，就算是地板的缝隙中都会开出红玫瑰和紫罗兰，他那老旧的床铺上方也会有夜莺前来筑巢。

他就这样朦朦胧胧地步入了梦境，那是一片阳光明媚的世界，不见一丝乌云，而且这个世界里只有他和她。他们一会儿置身于罗马城郊别墅美丽的花园中,一会儿又来到了无边无际的大海上。直到最后,当他们相依坐在圣彼得大教堂的钟楼塔顶上时,脚下才响起了贝佩那头蠢熊的怒吼声,杀气十足地作势上来和他们算账。可他们根本就不在乎,只是一起小声地嘲笑他。因为他们很清楚,通往塔顶的扶梯非常狭窄,贝佩先生那狗熊一般的蠢笨身躯根本无法通行。

第二天一大早,汉斯就已经开始赶那幅利百加和埃里亚人的画了,而且一直到夜幕降临时都没有停下来过。在这段时间里,他只被皮娅夫人硬逼着吞下了几块面包。由于黑夜早早袭来,他只好停下了手中的画笔,因此这幅画到次日午间才完成。不过,在灯光下,他开始着手创作另外一幅画,那就是镜中的自己。他把这幅画画得很小,完全可以放在掌心里。此刻,他才发现,在这一年的时间里,他的脸颊消瘦了许多。很明显,他在这一年的旅程中所经历的开心和苦难,都在他的脸上刻下了痕迹。他独自闭门创作,一直到眼睛疼了起来。之后,他便沉浸在了相思之中,整整半宿都无法入睡。然而,他此时的心情已经没有前一天那么轻松了。

一直到次日黄昏,犹太人前来取画,并给了他一个新的订单,还付了一大笔金币时,汉斯的心情才好转起来。他已经有好几个月没见过这么多钱了。这时,他就如一个为新娘准备彩礼的新郎官一般,兴高采烈地走在科尔索大道上。但是,他并不打算在那些琳琅满目的饰品当中,为安妮娜挑选礼物。因为,在他看来,安妮娜本身就是最美丽的珍宝,如果还要用那些金玉之类的饰品去装饰她,反而是画蛇添足了。所以,他先买了一把刻有小皇冠装饰的古韵十足的圈椅。接着,又买了一块大地毯,用以遮挡他房间里破旧的地板。

最后，他还精挑细选了一对纹饰优美的水晶杯，这才完成了此次购物行动。当次日清晨，这些豪华物品被送进汉斯那简陋的房间时，皮娅夫人不禁大吃一惊，甚至对汉斯的精神状况担心起来。汉斯为了让她心里踏实一点，便真诚地对她说，他的那幅画已经一举成名，所以很可能随时会有如哥尔孔达城公主这样的贵宾上门，他希望能够有一把拿得出手的椅子让他们休息。

皮娅夫人高举双臂说："乔万尼先生，我说得没错吧，您的才能绝对在人家的想象之上。我第一眼看到您，就知道您是一位有福之人，果真如此吧。"

那重要的日子就这样过去了两天，这是美好的两天。如今，一定要想办法把余下的几天时间打发过去，否则很有可能在热切的盼望当中焦虑而死。

"他今天清晨就出发了。"汉斯对自己说，"如果我现在去安妮娜家，或许能看到微微敞开的百叶窗呢！"然而，他马上想到了安妮娜的恳求，她让他无论如何都要等待，不要再到维多利亚大道去。因此，他再次下定决心，为了即将来临的幸福，坚决听从她的叮嘱。于是，他拿起了炭条，在那毫无装饰的白色墙壁上创作起来，想要以此来消磨时间。很快，一片美丽的海滨丛林出现了，那是一个沉寂的傍晚，古希腊神话中的仙女们正展现出优美的舞姿，一个牧人在旁边吹着笛子。而在最显眼的位置，则是一对恋人坐在从一棵郁郁葱葱的大橡树底下流出的泉水边。他们忘情地牵着手，彼此注视着。当汉斯将墙面装饰得天衣无缝之后，又开始对房间里其他暴露在外的地方进行修饰。他的这些创作以凤凰图案为主，间或画上一只被猎鹰百般欺凌的肥大丑陋的猫头鹰。创作完成之后，他望着这披上新装的陋室，心里高兴极了。现在唯一缺少的就是那温暖而明亮的阳光。那燃烧着木炭的火盆，形成了一片浓烟，就飘荡在天花板下面，令人窒息。夜晚的狂风声嘶力竭地怒吼着，好像在呼唤世界末日一般，可是当清晨来临，我们的年轻画家再次看到了万里无云的晴空，他真是打心眼里感激上苍。太阳施展着自己的力量，很快恢复了南方暖洋洋的天气。他将窗户全部打开，让阳光尽情地照耀着他的房间。然后，他继续为安妮娜的到来进行准备，将所有买得到的精致糕点、鲜水果以及其他各种新奇的美味，统统运到他的小阁楼里。除此之外，他还想办法买到了几瓶弗拉斯卡南甜酒，用心地在桌上摆好。他所准备的这一切，即使用来招待哥尔孔达的贵族，也不见得会感到脸红了。晚上，柔美的月光偷偷洒进房间，给无花果、甜美的橙子和一颗颗又圆又大的葡萄全都披上了一层银色的光芒，水晶杯也在月光下闪闪发光，墙上舞动的仙女似乎被赋予了生命，一瞬间，汉斯仿若置身于一场美丽的梦境。可是，他很快就意识到，这一切都只能是昙花一现，于是，他的内心浮上了一层阴云。如今，幸福即将来临，而与意中人的永别也将紧随其后。这提前到来的痛苦占据了他的内心，使他好一阵子都无法思考其他事情。他感到贝佩先生带着狰狞的笑容，真真切切地站在他的眼前，激起了他的无尽怒火。

　　"不！"他紧紧地握起了双拳，大吼一声，"不！绝不能就这样算了。只要我是个男子汉，就不能放弃最后一搏。我一定要带着安妮娜远走高飞，就算要像野人一样住山洞，跟坎帕尼亚的牧羊人要饭吃，再说也不会这么惨。何况我不是还有赖以谋生的艺术吗？如今，我依靠它什么事都不做不是也生活了这么久吗？难道在我要让这位女神拥有一个愉快的旅程，要让生活不再艰辛，我的艺术就会在这个时候抛下我吗？就算是一位离家出走的女儿，经过若干年之后返回家园，一样能接受父母的祝愿，这样的事情不是多得很吗？"

汉斯激动地自说自话，觉得自己的想法越来越合理，越来越坚定了。他看着毫无心事呼呼大睡的瓦克洛斯，想道：如果上帝不打算让我挽救这个不幸的女孩，那又为什么要通过这只小狗让我们相识呢？如今一切都还来得及。他从犹太人那里赚到的钱还有很多，足够他们两个人跑到海边，到时候自然知道下一步该怎么办。

他悬在心头的巨石总算落了下来，终于可以踏踏实实地睡上一大觉了。此时，就算是安妮娜可能会对他的计划产生怀疑，也无法把他从梦中唤醒。他相信自己必定能够劝说心上人接受自己的安排。所以，当他在阳光下醒来，听着小鸟在外面放声歌唱时，兴奋得一骨碌从床上爬起来，那劲头就像马上要举行婚礼的新郎官一样，好像几个小时之后，他便可以在亲朋好友的祝福声中，牵着新娘的手走进教堂了。

他顺便对房间做了最后一次整理，然后就在画架旁坐了下来。这时，钟声从外面传了进来，他的心也跟着怦怦直跳。皮娅夫人走过他的房门，打了个招呼，就咚咚地下楼去了，她这是前去赶早弥撒。整座房子都安静下来了。瓦克洛斯在窗前站立着，认真地看着脚下川流不息的人群。它的主人也时不时向窗外投去匆匆的一瞥，然后就马上缩回头来，仿佛担心别人会由此看破他的秘密。时间每向前走一分钟，他心中的焦虑就会增加一分。他开始害怕自己的决心会被女孩沉默的拒绝所动摇。于是，他开始自言自语地鼓励自己，对贝佩先生及其走狗展开了猛烈的抨击，到了后来，甚至大发雷霆，向墙壁挥舞着双拳，将匕首也抽了出来，似乎要把阻碍他和心上人相爱的人全部杀掉。在这段时间里，外面已经静了下来。突然，瓦克洛斯叫了一声，大门也同时发出声响，接着便响起了上楼梯的声音。汉斯脸色刷白地开了门，看到黑暗的楼梯间里有一位戴着面纱的姑娘走了过来。她在踏上最顶端的台阶时，揭开了面纱，可映入汉斯眼帘的并非那张他日夜思念的美丽脸颊，而是拉娜那圆圆的小脸。她的脸上满是惊慌的神色，眼神阴郁，气鼓鼓地嘟着小嘴，行为也和以前截然不同。

她来到满脸惊愕地靠在房门上的汉斯面前，生气地说："真诚的乔万尼先生，您看到我是不是很不开心？如果您尚未因自己的卑劣行径而遭受处罚，那您真要感激上苍了！我是绝对不会同情您这种人的。你们男人都一样，没心没肺，又极度自私，只是为了满足一己私欲，就可以毁掉全世界。而她却必须为您这个该受重罚的人承受苦难！"

她大步踏入房间，汉斯则呆呆地在后面跟着。

"哟嗬。"她瞟了一眼室内精美的陈设，以及准备好的水果和酒，说，"准备得真不赖，足以让一个不幸的傻姑娘上钩了。这酒里面或许已经放了安眠药呢。不过，这些都毫无意义。我可以直截了当地告诉您，安妮娜是绝对不会踏入这个房门的。纯洁的乔万尼先生，您听清楚了吗？"

"拉娜，"汉斯喊道，"求求你告诉我，她究竟怎么了？你为什么要这样说？安妮娜出了什么事？莫非是哪个不知廉耻的家伙——"

拉娜不等他把话说完，便抢着说："闭嘴吧！您没有资格发火。您自己就是这里唯一不知廉耻的家伙！虽然您外表英俊，还长着满头孩子般的金色卷发。但是您无法抵赖，绝对无法抵赖。因为我曾经恳求过您，求您发发善心，放过那不幸的女孩。然而，您的良心何在呢！您就像所有的男人一样，没心没肺。如何？我担心的事情还是出现了！"

"发生了什么事？"汉斯发疯似的一个劲儿问道，"究竟发生了什么事情？"

"您自己心里清楚，"拉娜稍稍平静下来，回答道，"不过，我会一五一十全部告诉你的，虽然我知道您非但不会因为一个女孩为您遭受最残酷的折磨而伤心，还会因此而满足自己的虚荣，您难道不清楚，在您和安妮娜第二次会面之后，她的日子就已经更加难过了吗？但是您却依然风雨无阻地出现在维多利亚大道上，就像被钉子钉在那里一样赖着不走，然后又趁人家在风雨中挣扎，无处藏身的时候，趁机凑上前去，哄骗她应允了那些荒唐的事情，难道不是这样吗？天哪，您这个外表善良、内心恶毒的东西！如果有人用利刃剖开您的胸膛，必定是一块石头从中滚落。"

汉斯使劲抓住拉娜的双肩，疯狂地摇晃着她那娇小的身躯。

"快点告诉我吧。"他喘着粗气说，"你不要再絮絮叨叨地折磨我了，她是不是生病了？还是死了？或者被他们囚禁起来，遭受虐待，而致神经错乱了呢？"

拉娜好像被他失控的情绪稍稍感动了一些，她挣扎着摆脱他的双手，在一把椅子上坐了下来，干脆了当地对他说：她病了。这都要拜您所赐，所以她来不了了，清楚了吧？因为最近天气不好，我有一段时间没有去看望她了。而且自打她有了自己的心事，对我也不像以前那么热情了。可是，昨天傍晚时分，她忽然差人来找我。我当时就感觉不妙，连忙马不停蹄地赶到她家。她和一般人不一样，从小体质就弱，可是一直也没有得过病。我一进屋就看到她正卧病在床，因为发高烧已经几乎脱了相，脉象也很差。不过她还是马上就认出我来了，于是她将父亲支开，让我在她的床头坐下来，她那炽热的呼吸碰触着我的面颊，我忍不住哭了出来。她对我说："拉娜，我明天要去他那里。前几天我曾郑重地应允过，要在永别之前让他为我画一幅像。刚好贝佩先生要外出，我原计划利用去教堂的时间到他那里去。莫非这也算是罪孽吗？然而，我没有料到的是，贝佩先生会在出发之前约我出去散步，我们走着走着就来到了圣卡洛教堂。而幼时曾帮我战胜天花的圣母，就供奉在那里。贝佩在圣母像前只有我们两个人时，忽然将我的右手紧贴在圣母身上，对我说：'安妮娜，我要你在圣母面前发誓！永远都不再和那个德国人见面，假如他想在我离开的这些日子里打你的主意，你一定要躲得远远的，而且你要憎恨他，就像我憎恨他那样。'贝佩说这些话的时候，一脸凶相，连嗓音都变了。我一句话都说不出来。看来他已经通过那些探子知道了我和汉斯见面的事情。他逼着我发誓，可是我什么都说不出来。稍候片刻，他又对我说：'看来你还不了解我的性格，我温顺起来就如小绵羊一般，但是如果有人胆敢碰你一下，那他就相当于向我的血管里面注入滚烫的沥青。虽然那个浑小子已经做得很过分了，但我之前还是放过他了。这是因为我时刻都陪伴在你的身边，那个浑小子只不过给我当笑料罢了。可是，如今我必须外出办事，所以事情不能再这么发展下去了。如果你不愿意发誓的话，那我只能采取其他方法收拾那家伙了。'拉娜，我没有别的办法，只好在圣母面前按照他的要求发了誓。我很清楚，他的嫉妒心会让他杀掉乔万尼的。然而，当第二天贝佩离开之后，我一个人待在房间里时，我又因为这些誓言而心灰意冷。为什么在我已经决定一辈子忍受苦难的时候，打算感受一下美好的生活也不行呢？我只不过是和他共处两个小时，让他为我画一幅像放进他的写生册里面而已，况且他已经承诺绝口不提爱情。我们也都明白，那是毫无意义的。在这样的情况之下，如果我失约，他会怎么想呢？我想过写一封信给他，可是又有点不好意思，因为我文笔不好，又没有人可以代笔。天哪，拉娜，那些誓言啊！都已经过去一整天了，它们还是不停地在我脑海中盘旋，我希望能够找到一个漏洞，让自己不再受其约束。可是这些誓言简直无懈可击，而且还是在曾经保佑过我的圣母面前所发。我知道，即使教皇也无法为我解除这些誓言。我是如此恐惧和悲伤，一直到礼拜五的晚间，我只好去向乔维卡·得耳·布法洛路的老太婆求助。"那是一个算命的老婆子，拉娜解释道，她心肠歹毒，满肚子鬼主意，安妮娜向她求助简直是自讨苦吃。"我除了相关的人名之外，把整件事情都对她说了，我问她如果无法遵守在圣母面前立下的誓言，应该不算什么罪孽吧，有没有什么办法可以弥补？她告诉我将拉特朗古宫前的台阶来回爬三遍，然后为圣母奉上一套新衣，就可以解除誓言。当时天已经很黑了，我披上斗篷，偷偷溜出家门，顶着暴风骤雨向拉特朗古宫狂奔。雨水顺着宫前的台阶奔流直下，冰冷的感觉一直从脚上蔓延到膝部，可我依然鼓足勇气，在这寒冷的雨夜为自己赎愿。我就像濒死的人一般，竭尽全力做着祷告，一直到凌晨3点才结束。那时我已经一点力气都没有了，只好走进对面的大门，在里面坐了1个小时，才勉强支撑着身体往家走。可是，当我克服重重障碍，悄悄回到自己房间，内心深处却有一个声音对我说，这些都没有用，违背在圣母面前许下的誓言就是罪孽，必将消亡。于是，我被彻底击垮了。从那一刻起，我便高烧不退，一直在床上躺到现在。我是否还能再站起来，只有问上帝了！"

拉娜颤抖着，也说不下去了，她安静地低下了头。过了良久，当她再次将目光投向墙边的汉斯时，不由得一惊。听了她的这番话，汉斯已经彻底变了一个人。

"汉斯先生，"拉娜重新站起身说，"事情就是这样，现在您已经全都清楚了。本来安妮娜只让我告诉您，她在贝佩的强迫之下发了誓。并且让我替她跟您说一声再见，希望您能够从这里离开。可是，我觉得作为给您的一个惩罚有必要让您知道一切，如果您的良心尚未全部泯灭，就应该知道自己的罪孽，而且一辈子将这个教训铭记在心。我也能感觉到，您并没有我想象中的那么恶毒，这很令我欣慰。如果您现在就从这座城市离开，我仍然可以原谅您。哦，乔万尼先生，如果路德派的信徒也做祷告的话，希望您能够好好地为这个被您害苦了的不幸人儿做做祷告，祈求上帝让她快点好起来，不要就这样跑到天堂去，让我们终身为她流泪！"

说罢，拉娜就戴好面纱，准备离开。然而，当她发现汉斯还是毫无反应，就像完全不知道她的存在一般，便停下了脚步，不知道接下来该怎么办。汉斯已经彻底被悲伤打垮了，整个人就像木头做的一般。她又开始同情他了，可是想想又认为他这是自找的，于是只说了一句："我这就去探望安妮娜，看看她的情况如何。我午间会路过您的门前，如果她已经好起来了，我就点一下头；如果她依然高烧不退，我就摇摇头。乔万尼先生，再见了！让我们一起来为天使祷告吧！"

拉娜走了出去，顺手把门关上，但并没有马上离开，而是在门口悄悄地听着汉斯的动静。可房间里面仍然十分安静，于是她一边默默地思索着，一边顺着楼梯走了下去。

"哎，这两个不幸的人儿啊！"她自言自语地说，"难道爱情就是这样吗？"

当拉娜来到街上，那里已经拥挤不堪，无法通行，她只好停下了脚步。她看到街对面的窗口上都站满了人，向下面投来了关切的目光。拉娜这才发现街上有一大队行人正在通过，其中包括负责送葬的蒙着面的身穿白色法衣的修士。她马上被一种不祥的感觉所笼罩。

她向身边一个踮起脚尖瞧热闹的小姑娘问道："送的是什么人？"

"我也不知道。"小姑娘答道，"但应该是一位漂亮的小姐，不然怎么会有这么多人围观。"

就在她们说话的时候，送葬的队伍已经走了过来。高举的灵床在温暖的阳光照耀下，从人们的头顶上经过。这时，楼上的一个窗口传来了一阵快而短促的狗叫声。送葬的队伍中一阵低沉的狗叫声也随之响应着。

"安妮娜！"拉娜悲痛欲绝地喊了一声，抓住身边那个小姑娘的手臂。

就在这时，队伍中冲出一只疯狂的大狗，扑上来咬住拉娜的衣角，用力地将她向灵床拖去，好像希望她能挽救这位年轻的逝者。而那位头戴绿色花环，双手合捧一支玫瑰花的少女，就静静地躺在高高的未加盖的灵床上。

人群中传来了小声的议论："多么年轻！多么美丽啊！希望她能够上天堂。也许她比天使还要美丽呢！"

人群在和煦的阳光下穿过街道，来到了圣卡洛教堂，拉娜也强忍着悲伤，跟着莱纳多缓缓前行，皮娅夫人的门前又变得空荡荡了。

　　根据安妮娜生前的愿望，她的尸体将在她曾许下誓言的圣母像前停放 3 天，之后才进入墓地。而前往教堂最近的路线本来不需要经过汉斯所住的这条街道，可是维多利亚大道的翻修工程使送葬的队伍绕了弯路，就此很凑巧地使这位痴情少女踏上了她在世时最想走的那条路。

　　过了半个小时，做完弥撒的皮娅夫人返回住处，慢腾腾地上了楼，在楼梯口缓气。这时，小狗的叫闹声吸引了她。通常，在主人将它单独留在房间里的时候，它就会这样。于是，皮娅夫人出于对小狗的同情，走进汉斯的房间。她这才看到汉斯两眼无神地倒在窗边，双唇没有一点血色，身体纹丝不动，手捂着胸部，犹如中弹了一般。皮娅夫人不禁叫出声来，小狗也随之呜呜咽咽地哀号起来。女房东连忙跑过去将他的房客抱起来，用尽力气将他挪到床上，然后又采用了所有她能够想到的办法来帮助他恢复神智。就这样过了许久，最后还是将汉斯为安妮娜准备的甜酒涂抹到他的太阳穴上，才使他勉强能够睁开双眼。这时，瓦克洛斯激动得跳上床铺，疯狂地舔着他的面颊。汉斯也逐渐恢复了意识，认出了他的老朋友，他那悲伤的泪水随即奔涌而出。皮娅夫人也跟着掉下了眼泪。

　　她高举双臂喊道："感谢上帝！乔万尼先生，您终于清醒了。您可把我吓坏了！来，赶紧吃点东西，您一定是因为昨天晚上没吃饭，身体吃不消才会昏倒。"

　　她热情周到地用水晶杯为汉斯倒满了酒，并且送到他的床前。而汉斯却不耐烦地挥了一下手，面向墙壁转过身去，泪水又重新涌了出来，把他的女房东搞得莫名其妙。

"他或许是困了，"皮娅夫人自言自语道，"最好睡一觉。他工作的时间太长了，大脑不停地运转，身体自然受不了了。"说着便摇了摇头，走出房间，可是很快又伸头进来听了一下。

白天结束，夜晚来临。圣卡洛教堂看门的老人在夜半时分被一阵敲击窗户的声音吵醒。他不耐烦地将脑袋探出窗外，向星光下牵着一只小狗的年轻人问明来意。年轻人说自己曾向这里的圣母许愿，如果不能在她的圣像前进行一番祈祷，内心将无法平静。因此愿意以一枚银币作为酬劳，请他开一下门。老人便不再追问，迷迷糊糊地拿了钱，将这位深夜里的来访者和他的小狗放进了教堂。这时的教堂无比黑暗，只有从窗口洒进来的点点星光和一盏长明灯发出微弱的光芒。而在那供奉圣母的侧堂里面却一片光明。一张低矮的灵床就停放在圣母脚下，上面躺着安妮娜。在灵床的周围，燃着半圈巨大的蜡烛，一具耶稣受难十字架摆放在床头。看门的老人或许对年轻人此来的目的有所察觉，始终在远处的一根大柱子下面向那明亮的侧堂悄悄望去。他看到年轻人跪倒在灵床前，盯着那失去生命的漂亮面孔好长时间。然后，他将自己手上的一枚戒指摘了下来，套在了心上人那已经失去了血色的手指上，并将她手里的那只玫瑰拿走。此后，他又将自己的一幅画像从一本写生册中撕下来，温柔地塞进她的枕头下面，与此同时，他的眼睛牢牢地盯住了少女的眼睛，似乎想借此唤醒那已逝的生命。此时，午夜的钟声徐徐响起。年轻人站起身，摇摇晃晃地离开了，完全没有发现老人那始终饱含同情的目光。

到了圣诞节前夕，向汉斯订画的犹太人来到了皮娅夫人的房子，想要询问一下画的进展。可是，当他步入那间曾是画室的小阁楼时，看到的却是正忙于纺织的皮娅夫人。皮娅夫人看到犹太人来访，满心欢喜地期待着他能为自己带来那个久已不见踪影的房客的消息。因为最近她只听一位奥列伐诺的表哥说过，汉斯每个白天都不停地在山间乱跑，到了晚上就去牧羊人的小房子或者那些偏僻的小店中休息。山民们全都认识他和他的小狗，可是，谁都没有见他笑过。而且他无论天气和地形多么恶劣，都绝不会在同一个地方停留上两天，所以人们都觉得他脑子有些问题。可是，这位表哥曾经和他交谈过，知道他的头脑十分正常，让人不能理解的是，他正当大好年华却为何如此厌弃人世。

"我认为他总是要回到这里来的。"皮娅夫人对犹太人说，"因此，我非但不会将这间房子租出去，还要将它原封不动地保留着。您看，那里的水果和甜酒，都是他为一位有可能前来看画的公主准备的。您再看这墙壁，这幅您十分欣赏的画作是他离开之前那几天几笔画成的，多么令人赞叹啊。可是，到底发生了什么事情，会将他变成这个样子？我保证与爱情无关，因为这个年轻人非常老实，再纯洁不过了，当然，或许他真的被一位公主吸引住了。哦，达维德先生，有谁能够帮帮他呢！这些青年啊，都如飞蛾一般。本来他们能够轻轻松松地在这人世间生活，可是只要看到一丝光线，他们就会不顾一切地扑过去，就为了一时痛快。结果很多人都被碰得头破血流，却还不明所以。不过，亲爱的先生，这也是没有办法的事情，何况也不会产生什么大的影响。坚强的人能够在上帝的保佑之下治愈自己的伤痛，心灵和肉体都是如此。任何人在摔断一次胳膊腿之后，就不可能再摔断一次了，这也是令人欣慰的地方！"

特雷庇姑娘

在亚平宁山脉穿过的托斯卡纳与南边的教皇国中间的那片高原上有一个孤寂的小村，村里居住着一群牧羊人，人们称这个孤寂的小村为特雷庇。上面那一片都是些刚好只够一个人行走的小道，马车完全没有办法通过；邮车和出租马车想要翻过这座山，只能绕道，转上一个大圈儿，走南边几公里以外的那条公路。一般人是不会兜这么大个圈子来特雷庇的，来这儿的都是些跟牧羊人做买卖的乡下人。白天，这里或许还会有个别的画家或者是厌倦了走公路做徒步旅行的人。等到暮色四合之际，经常会有些走私客赶着马队来到这个孤寂的小村庄稍做歇息，这些走私客所行走的路线，全都是别人闻所未闻的、较为崎岖不平的山路。

　　此时离 10 月中旬已经越来越近了，以往在这个时节，这片高原上的夜晚明亮而清晰。但是今晚，由于整个白天一直被似火的骄阳炙烤着，夜幕降临时，一缕缕薄如蝉翼的雾霭从窄小而又深邃的河谷里缓缓升起，然后，慢慢地向雄壮魁梧、没有树木的、高耸的山坡上蔓延过去。现在，大概是 9 点钟的样子。那些如零星般散落的又低又小的石屋里，灯火幽暗。天还没有黑的时候，老弱妇孺都在各自的石屋里负责看管门户。此刻，有个火铺上还吊着个大锅，牧羊人和他们的家眷就躺在火铺旁的地上，他们已经进入了甜美的梦乡，就连狗也在灰土的余温中，享受似地舒展开了四肢，惬意地睡着。或许，只有那位老妇人精神得很，她把老羊皮垫在身下，不停地转动着手里的纺锤，小声地向上帝祷告着，或者轻轻地摇着身边的那个摇篮，里面有个婴儿，似乎睡得比较浅，很不安分。微寒的晚风穿过拳头般大小的墙缝吹了进来，湿湿的、凉凉的，一股灰黑色的烟从即将停止燃烧的火铺里冒了出来，把屋外的那层雾气赶到屋子里，漫无目的地徘徊着，看到这些，这位没有睡意的老妇人毫不在意。此后，这位老妇人也似乎有了些许睡意，眼睛半眯着打起盹儿来，想睡的时候就尽情地睡会儿吧。

　　在众多石屋中，只有一间房子里的人还没有睡下，在屋子里来回地走动着。这栋石屋与其他的房子别无二样，也是一层矮楼；与其他房屋的不同之处就是周围的石块垒砌得比较有次序、有条理一点，屋子里的门也比别处要更高、更大一些，中间的正屋是四方形的，周边还搭建了几间杂物棚以及后来所增盖的一间小房子，最后就是一间马厩和看上去堆砌得很精致的烤饼炉灶。一支驮着货物的马队正站在矮小的石屋门口，一名年轻人准备把吃空了的料槽搬走。此时，六七个全副武装、身材健硕的男子从石屋里钻了出来，趁着朦胧的夜色，在雾霭中，因为着急而不停地加快手里的活儿，手忙脚乱地整理着马具。一只老态龙钟的狗躺在石屋门前的不远处，那群精壮的人离开的时候，那只老狗轻轻地晃动了几下尾巴。之后，这只老狗才费力地站起来，不急不慢地往屋子里走去。土坑上的火苗烧得正旺，狗的女主人就站在炉火边，她的脸正对着熊熊的炉火，双手伏在腿旁，高大挺秀的身子僵直在那儿，老狗走过去轻轻地舔了舔女主人的手，它的女主人这才突然间把头转了过来，仿佛是久梦初醒一般。"富科，"女主人说，"我不幸的宠物，睡觉去吧，你已经生病了！"老狗"汪汪"地叫了起来，那卷的尾巴摇动了几下，表示十分感谢。然后，它就趴在了火铺边的一张老羊皮上，它不时地咳嗽着，其中还夹杂着少许鸣咽声。

这时，几个伙计走进来了，他们在桌子的一边坐了下来，顺手把之前刚走的那几个走私客的碗端了起来，一位年迈的老女佣把大锅里的玉米粥都盛了出来，给他们每人盛了满满一碗。随后，老女佣自己也坐了下来，拿着小勺子吃了起来。他们都自顾着吃东西，没有任何人说话，屋中只有火苗在噼啪作响，那只生病的老狗就连睡觉也在那用嘶哑的声音呻吟着。一位姑娘正坐在炉台边的石板上，一脸的严肃样儿，年迈的老女佣专门为她送来了一小份玉米粥，姑娘却没有动，她在屋子里扫视了一圈儿，惆怅和失落写满了她的整张脸，就像是丢了什么东西似的。如今，屋外的雾霭就像是一堵白色的围墙，挡在那位姑娘的面前。此时，半轮明月已经翻越了那座山峰，正在缓缓地往上升。

就在这时，突然间，好像是从山脚下的大路上传来了马蹄声和人的脚步声。"彼得罗！"屋里的年轻女主人用一种较为平静的提醒语调喊道。这位女主人的话音刚落，一位身材如同竹竿似的年轻人听到后立刻从桌子旁边站起来朝外走，渐渐地消失在灰色的雾霭中。

而此时，屋外杂乱的脚步声混杂着说话的声音又近了一些，马最后在门口停了下来。没过多久，有三个男人出现在了门前，很随意地打过招呼后就径直往屋子里走去。彼得罗走到了姑娘的身旁，姑娘却在那里漫不经心地盯着火苗。"那两个伙计是从波雷塔过来的，"彼得罗向她汇报道，"没有带货过来，不过，他们想要把那位先生送到那座山的后面去，那位先生的护照有点问题。"

"尼娜！"女主人喊了一句，老女佣听到喊声后起身来到火铺前。

"姑娘，那两个伙计不仅要在这里吃饭，"彼得罗接着往下说，"他们还想知道，那位先生能否在这里留宿一晚。他们准备在黎明之前就离开。"

"那就在外面的小屋里为那位先生铺个草铺。"彼得罗连忙点点头，又回到了桌子附近。

那三个人也相继坐下，伙计们并不在意那三个人。他们有两个人是武装的走私客，肩上很随意地搭着件上衣，一双眼睛被帽檐挡得严严实实的。那两个走私客熟络地跟大家以点头的方式打了下招呼，为此次护送的客户留了一个宽敞的大位子，之后便在面前画了个"十"字，这才吃起东西来。

而他们要保护的这位先生却没有像他们那样吃起食物来。这位先生的额头比一般人要高出一截来，他把头上的帽子摘了下来，用叉开的手指梳理了下凌乱的头发，目光在屋子里环视了一圈。他发现，墙壁上满是用木炭涂写的一些规劝的话语，圣母的画像被供奉在那个角落中，画像的前面正燃烧着一盏小油灯。圣母像附近的栖木上，站着一群鸡，正处于睡眠的状态，除了这些，屋檐边还挂着一串串的玉米棒子，形态不一的瓷水罐和坛子被放在那块搁板上，边上还堆着一堆山羊皮和许多筐子、篮子。那个姑娘就坐在火铺边，瞬间就俘虏了他那忐忑不安的眼神。火铺里的火苗妖娆地舞动着娇媚的身躯，姑娘那深黑色的、斜侧的倩影却表现得分外的大方得体而又娇羞漂亮；一束束乌黑秀丽的辫子像瀑布似的垂落在肩上；姑娘把双手叠在一起，搭在一只腿的膝盖上，她的另外一只脚踩着屋里的石板地上。这位姑娘有多大岁数了，他也估摸不出来。但是，这位先生从她那一系列的动作中分辨出，这位姑娘就是这栋房子的主人。

"小姐，请问，这里有酒吗？"他的话瞬间就把这里的安静给打破了。他的话音刚落，那位女主人就像是被雷电击到了一般，突然间跳了起来，呆呆地在火铺旁站着，双臂在石板上把那双柔弱的身躯给支撑了起来。此时，那只生病了的老狗也褪去了睡意，顷刻间就蹦了起来，它喘着粗气儿，带着些许野性，一种带有强烈攻击性的欲望似乎即将要从胸膛里爆发出来了。这位陌生的客人瞬间感觉到此刻自己的对面有两双散发着幽光的眼睛。

"莫不是，小姐这里不准许询问是否有酒吗？"

可是他的最后一个字还没来得及说完，那只老狗竟突然一边对着他狂吠，一边向他扑了过去，毫不客气地用尖牙将这位陌生人披在肩上的斗篷撕扯了下来。那只狗准备再次往他身上扑过来时，这位女主人终于开口了，老狗被女主人那声严厉的呵斥给镇住了。

"富科，过来，到我这里来！冷静点，别冲动！"老狗站在屋子里，那条尾巴却极其不安分地在身后拍打着屁股，一双充满了野性的眸子目不转睛地盯着那位不请自来的客人。那位女主人把嗓音尽量压低，唤来了彼得罗，"把富科关起来！"她还是那样，像块门板似的站在火铺前，她看到彼得罗并没有执行她的命令，她把之前说的话又说了一遍，事实上，这只生病了的老狗一直以来都是在火铺旁睡觉的。屋子里的伙计们开始细碎地互相议论着；富科被彼得罗强制拖了出去，它在外面虚弱地不停地呜咽着、狂躁地吠着，等到它再也没有力气了，这种令人害怕的声音才慢慢地消失了。

就在富科被拉出去的时候，女主人已经让老女佣拿酒去了。这个不招人喜欢的不速之客坐在那里自斟自饮着，同时，还将杯子给了护送他的两个走私客"保镖"，心里却不明就里地纠结着，他想不通，这么个小小的要求竟然招来这阵不小的风波。伙计们陆续把勺子放了下来，恭敬地对着女主人说了"姑娘，晚安"后，就一起走了出去。屋子里就剩下那三位外来人和一对女主仆了。

"4点钟的时候天才亮。"一位走私客小声地告诉那位先生，"您其实不必太早就起来，不会耽误你到皮斯托亚去的时间。还有就是，我们的马匹必须休息足6个小时才能跟我们一起走。"

"哦，好吧，我的朋友，你们先去休息吧。"

"好的，先生，到时候我们会来叫醒您的。"

"嗯，好的。"那位先生答应着，"我万能的圣母啊，您是知道的，我一般都睡不到6个小时的。不过，卡尔洛，我还是得跟你说一句晚安，还有，比乔师傅，你也晚安。"他们两人恭恭敬敬地把头上的帽子提了提，从桌子边走了出去，一个向着火铺那边走了过去说："姑娘，波洛尼亚的康斯坦佐要我替他向你问候一句。上周末他来过这里之后，很不幸的是他的那把刀不见了，他想知道是否遗落在您这里了。""没。"女主人有些厌烦地应付道。

"我就说嘛，我来之前就是这么告诉他的，即便是他的刀子遗忘在您这里了，您也一定会差人送还给他的。还有就是——"

"尼娜！"女主人不愿再听他的那些废话，"如果他们不记得去小屋的路，你就带他们去。"老女佣立即站了起来。

"姑娘，请允许我说最后一句话，"他私底下挤弄了眼睛，小心谨慎地接着往下说，"如果，你为我们的客人安排一张更为舒适的床的话，他会付给您一笔可观的收入的。姑娘，这就是我想说的。愿我们万能的圣母保佑您这一晚睡得舒服，费妮婕！"他说着就往同伴那边走去，他们一起向屋里的圣像行了礼，在胸前凌空画了个十字架就随着老女佣走了。"尼娜，晚安！"女主人大声地说道。老女佣在门前停下，转过身子来，打了个疑问的手势，然后才把大门给关上了。

　　屋子里就只剩下那位不招人待见的先生和这间屋子的女主人了，费妮婕一把握住了火铺旁的一盏铜质的灯台，匆忙地将这盏灯给点燃了。火铺里的火慢慢地停下了舞步，躺下了身子，那盏铜质的灯台缓慢地燃烧着露出三根宛若晚霞般的火苗，微弱的灯光只能给这间大屋子的一角带来光明。这位不速之客好像中了股黑暗的睡眠咒语，双眼的眼睑开始下垂着，他就坐在桌子边上，把双臂当作枕头，肩膀上的斗篷紧紧地贴在身体上，似乎，他想就这么将就一夜。突然，他隐隐约约听到有谁在叫他，他慢慢地将头抬起来。桌子上的那盏铜灯燃烧着，那位年纪并不大的女主人就站在他的面前，刚才叫他的，就是她了。忽然间，他们的目光交织在一起，竟然让彼此都感到一股盛气凌人的威慑力。

　　"菲利普，难道您真的不记得我了吗？"女主人追问道。

　　他的目光一直来回地在她那娟秀的脸颊上转悠着，她那清秀的脸庞在灯光的照射下和期待着答案的紧张中变得通红。按理来说，这张美丽的脸不应该被人所遗忘的啊。她的睫毛又长又软，慢慢地跟着眼睑跳动着，使得她那高耸的鼻梁和额头少了几份严肃，多添了几分娇媚。她的香唇如同晨露下的玫瑰花，展现着充沛的青春与活力。而这美丽的小嘴只在缄默的时候，才会把郁闷、烦躁、苦楚还有野性表露出来，而这像极了她那双深邃的黑眸中的气质一样。现在，她就站在桌子的前面，却把她的身材表现为一种粗野的美感，特别是她的后颈跟脖子，让人为之如痴如醉。当时，菲利普思索了一阵之后，他还是说："不，小姐，我想我不认识您！"

"怎么可能！"她把声音沉了下去，语调里充满了毋庸置疑和难以置信地说，"您有足足 7 年的时间来记住我的，这时间可不短啊，7 年的时间足够将一个人的容颜深深地刻在心里的。"

这句话真是让人摸不着头脑，但是，现在他所不明白的地方已经豁然开朗了。"姑娘，这话倒不假，"菲利普继续说着，"倘若，谁在 7 年的时间里只顾着记住一位美少女的容颜的话，即便是他在弥留之际，也能在闭上双眼的时候把她的容貌记起来。"

"不错，"女主人的音色很低沉，"一点都没有错，那个时候的您也这么说，你说，除了我的容颜，其他的事情无法引起您的注意。"

"什么，7 年之前？但是，在 7 年之前我只是个玩世不恭的人呀。你不会信以为真了吧？"

姑娘连着点了三下头，娇艳的脸颊上堆满了认真，"难道不能当真吗？我曾感同身受过，我知道，你没有说错呀。"

"姑娘，"菲利普的脸色就像一块钢板那样严肃，而他自己正在极力地让自己的脸色看起来可亲一些，他说，"这……这让我觉得很可惜。7 年之前，可能，我认为天下的女人都清楚，男人的花言巧语如同赌博的筹码一样，它根本一文不值，或许，偶尔在协商之下可以兑换成金圆。我那时候的念想压根儿就不在女人的身上啊！而现在，实话实说吧，我已经记不得你们了。姑娘，你很可爱，可是，我还有比你更重要的事要去思考。"

姑娘沉默不语，似乎还不懂他的意思，只好安静地等着，期待着他能说一些跟自己有联系的话。

"对，我现在逐渐地回忆起来了，"菲利普想了想，接着说，"这片山区，我确定我以前来过。如果没有这片浓雾，我肯定一眼就能够把这里的一切都想起来。是的，没错儿，就是这里，是在 7 年之前，那时，医生要我来山里散步，我就像个小孩子那样听话，把这里崎岖险要的小道都跑了一遍。"

"关于这件事，我很了解，"安静的姑娘终于开口了，她的嘴唇如同一朵含苞待放的玫瑰花，微微地颤动了一下，"我非常了解这件事，你不会不记得的呀。那只狗，对，富科也没有忘记你们之间的恩怨。还有我也一直记得我对你的爱。"

年轻的少女在说这些话的时候，一字一句里透露着她的坚定，如此坦白，他抬起头，看着她，他的神色逐渐变得诧异起来。"现在，我依稀记起了一位姑娘，"他又接着说，"我们是在亚平宁高原上邂逅的，她领着我去了她父母的家中。如果不是她，那次我就只能在悬崖峭壁上的寒夜中度过了。我没有忘记，就在那个时候，我爱上了她。"

"没错，"她迫不及待地把话给接了上去，"是十分爱！"

"可是，那位姑娘根本不爱我。我跟她说了很久的话，她最多回复我十句话。临走之前，我想着去亲吻她那片忧郁的小嘴唇，好将她那沉睡中的热情召唤出来。但是，她却一跃而起，跳开了，她捡起了一块石头，差点把我给砸死了，此景此情犹如在眼前呀。要是说你就是她的话，我又如何能算得上是你的旧爱呢？"

"菲利普，那时的我刚满 15 岁，我正处于一个十分羞涩的时期，况且我性格本来就很固执，也习惯了独自一个人，我根本不晓得要如何去表达内心的情感啊。还有，我很担心我的父母，那个时候，他们还健在，您不是不清楚，我父亲拥有数不清楚的羊群还有牧人和这家酒馆。从那之后，一直保持着原样，父亲再也不必辛劳了——但愿他的灵魂早已进入天堂！可是，在面对我母亲的时候，我还是那么的害羞。您还没有忘记吧？那次，您就是坐在这里，你还不断地称赞我们从皮斯托亚运进来的酒很好喝呢。别的，我都没听到，母亲把我看得紧紧的。我只能出去，藏在窗子后面，偷偷地看着您。那时的您还很年轻，心态也很随意，却没有现在这般有韵味。这双眸子一如往昔，那时，你想借它们来取悦谁，就一定能得到谁的芳心。你的语气还是这般的低沉，怪不得富科听到了就会妒忌得发狂，我可怜的宠物！时至今日，我只爱着它。它已经知道了，我爱您比爱它要多，它比您自己还了解这一点。"

"是的，"菲利普说，"那一晚，富科就像着了魔似的。那一晚神奇中带着一丝的美妙！费妮婕，我真的被你给迷住了。我没忘记，当时，我在心乱如麻的情况下等你，而你一直不愿意再回来了，我只能出去找你。你的白色头巾从我眼前瞬间飘过，便立即消失了，突然间，你就藏到了马厩附近的那间小屋里去了。"

"菲利普，那里是我的房间，你不可以进去的。"

"可是，那里有种魔力似乎在召唤着我。我没有忘记，我一直站在门前，用力地拍打着房门，苦苦地哀求着。我很邪恶，那个时候，我告诉自己，如果无法跟你再见上一面的话，我会完全崩溃的，我的头就会像颗炸弹那样爆炸。"

"你的头？哦，您说的是心，这些话一直都在我的脑海里盘旋着，您所说的每一个字我都刻在了心里！"

"问题是，那个时候的你却假装听不见。"

"那时，我内心正在煎熬着，我蜷缩在墙角里，琢磨着如果我可以放下害羞和腼腆悄悄地走到门口，用我的唇对着你的声音，就算是在门缝边上可以感觉到你的一丝气息也是好的啊。"

"好一对痴男怨女！后来你的母亲出来了，我无法继续在那里等着，以至于失去了你可能会开门的机会。如今再回首，我依旧觉得害羞，我愤怒地走了，之后，我一晚上都在做梦，而你就在我的梦里。"

"那时，那一晚，昏暗紧紧地纠缠着我，"她说，"我就那么一直坐在那里，不知不觉中就到了黎明，那个时候，我才睡了一小会儿。等我醒来时，已经能看到骄阳高悬，而此刻，我的菲利普又在哪里呢？我心里的疑问没有人可以帮我解答，自己也不好多问。那会儿，我看谁都觉得憎恶，我感觉好像是他们杀了您，让我无法与您再相遇。我的情绪无法安静下来，我奔跑在荒山野岭之间，边跑边喊着'菲利普'，与此同时，我还在咒骂着您，因为您，我这一生都不会去想别人了。到最后，我往山下跑去，但是，我心里又担心着，不得不往回走。我离家出走两天，回到家后，父亲狠狠地教训了我一顿，就连母亲也不再理我了。母亲知道我出走的原因。陪在我身边的只有富科，寂寞的时候，我会忍不住喊出你的名字，富科一听到'菲利普'这个名字就开始狂吠。"

说到这里，他们便不再继续了，他们的眼神越靠越近，终于聚在了一处。菲利普打破了此时的安静，"你母亲过世多长时间了？"

"就在3年前的一个星期里，我同时失去了双亲——愿圣母垂怜，请准许他们的灵魂早日进入天堂！我处理完丧事后，就去了佛罗伦萨。"

"去了佛罗伦萨？"

"没错，是佛罗伦萨。您说过，您是佛罗伦萨人。我在城外圣米尼亚多教堂不远处的咖啡馆里落脚，是几位走私客把我引荐给了那个咖啡馆的老板娘。就这样，我住在她的家里一个月，这一个月里，我每天都拜托她去城里打听您的踪迹。只有等到黄昏的时候，我才敢跑进城去寻找您的消息。最后才得知，原来您早就已经走了，而您的去向却成了一个谜。"

菲利普起身，在屋子里来回地走动着。费妮婕把脸转了过来，目光从未离开过菲利普的身上，但是，她的眼神里充满了镇定，不像他那般忐忑不安。他向她走来，在她的跟前停下，仔细地打量了她一番，问道："姑娘，即使你跟我说明这一切，又怎样呢？"

"7年……我用了整整7年的时间，鼓足勇气。哎，如果一开始我就没有拒绝你的爱，或许，这些不幸就不会一直纠缠着我。我真够胆小怕事的！没错，我知道您还会来这里的，只不过，我没有想到，时隔7年您才回来，我在这里等您等得好苦呀。我这话的确很幼稚，这些都随风去了，又何必再去想呢？亲爱的菲利普，您回来了，回到我的身边了，我是您的，从此以后就归您所有了！"

"哦，我亲爱的姑娘呀！"他的声音像极了温顺的小猫，可是……他把刚到嘴边的话给咽了回去。费妮婕似乎还没有察觉到，菲利普心事重重，一言不发地在她对面站着，当他的目光穿过了她的头的时候，便被后面的那堵墙给吸引住了。她平复了自己的心情，然后接着往下讲，这些言辞脱口而出，不需要任何的思索，如果不知道，还以为她事先写好了台词，演练到滚瓜烂熟的地步，他绝对不会不回来的，届时，得告诉他这些还有那些。

"我离开了佛罗伦萨，就回到这里来了，本地有很多人都前来向我提亲。我都一一拒绝了，除了您我谁也不会嫁的。每当有人来提亲，跟我说一些好听的话来讨好我的时候，您那晚对我说的话就会在我的耳边响起，这些情话才是我认可的，这世间没有什么可以与它相提并论的。这几年，纵使我的年华还未老去，美丽一如往昔，他们也没再对我纠缠不清了。他们似乎都明白，您就快回来了。"她顿了顿，继续往下说，"你想带我去哪里呢？你会跟我一起待在这里吗？哦，不行，你不能一直待在这里的。我去过佛罗伦萨，从那里回来之后，我就明白这里的生活很枯燥乏味。要不，我把这些产业一并变卖了，如此，我就有钱了。这里的人很粗鲁，我早就厌烦了。等我们回到佛罗伦萨之后，你带着我，学习城里女孩子的生活方式，我很聪明的，一定学得很快。你知道的，以前我的时间很短暂。梦境中，我们总是在山上团聚。为此，我曾去请教过女巫，她的预言如今都应验了。"

"假如，目前的我已经有家室了呢？"

费妮婕瞪着一双大大的眼睛，"菲利普，你这是在测试我对你的真心吗？我一早就知道，你还是单身。关于这个，女巫很早以前就告诉我了。只是，她无法知道你的住处。"

"没错儿，费妮婕，我还是个单身汉，只是，女巫？她……或许我该说是费妮婕你本人，你怎么会晓得我何时成家呢？"

"难道你会说你不愿意娶我吗？"姑娘的反问中含着强而有力的信心。

"费妮婕，来，坐到我的旁边来吧！我有很多话想告诉你。请把你的手递给我，允许我把这些都说完。你能耐着性子，等我把这些话说完吗？我可怜的朋友。"而她却不愿听他诉说，他也只能就这样站着，他的心跳就像公路上的汽车，又加了一个码，速度又快了一些，眸子里蓄满了哀怨，凝望着她。突然间，她闭上了双眼，然后又迅速地睁开，瞅着地上，似乎是在揣测跟自己生命相关的一些事儿。

"多年前，我被迫逃离了佛罗伦萨，"他娓娓道来，"你是知道的，佛罗伦萨的政局一直都不稳定。我是个律师，结交了很多人，每天不是书写，就是收取堆得像座小山似的信件。而我又是一个非常独立的、不愿意受到任何拘束的人，时常会在关键时刻直抒己见，无论我是否参与到跟谁一起秘密地做些什么，仍旧是招来了当局的敌视。所以，我只能选择离开，不然的话我会被莫名其妙地传讯，从而导致蹲监狱。离开后我到了波洛尼亚，在那里隐姓埋名，若非工作原因，我尽量减少跟其他人接触，尤其是妇女。你明白吗，7 年前那个为了追求你而伤透了心的不羁少年已经不在了，他从我身上消失得很彻底。当然，这张面容还是跟他一样，要不，就跟你所说的这颗心，它一旦碰上就没有什么可以阻挡了，却并不难被炸开啊。虽然，目前于我而言，那障碍早已不是你卧室的门闩了，阻碍我的是另一些东西。你可能也略有所知，这段时间，它们已经使得波洛尼亚也开始变得动荡不安起来啦。很多领头的人都被当局逮捕了，被捕的人中还有一个是我的朋友，我对他了如指掌，他的心思压根儿就不在那事上。他觉得，那样做是无法拯救这个破败不堪的政府的。这就像是你们羊圈中的羊突发了癔症，把一头狼送进去又能解决什么问题呢？换而言之，他要我为他辩护，帮他重获自由。这事不胫而走没多久后，一次，有一个人在大街上对我咒骂不停。这个家伙就像只蚂蟥一样粘着我，我别无选择，最后对着他的胸口，推了他一把，他倒下了，他是个醉汉，与他发生争执毫无意义。我从人群中挤了出来，走进了咖啡馆，我刚一进去，醉汉的亲戚就追了上来。这家伙倒没有醉，脾气却十分的暴躁，质问我时非常粗鲁，他说个不停，后来我没忍住就动了手。我尽快地调整自己的情绪，强压着内心的怒火跟他说，事实上我已经知道，这幕后的黑手就是政府，他们想把我除之而后快。只是一句话而已，我就落入了敌人的圈套。那人还说他一定会去托斯卡纳，这就明摆着强迫我到托斯卡纳跟他决斗。我也答应了，我是一个深思熟虑的人，那时，我必须向那些轻狂的人证明，我对他们的举动有我自己的看法，我不像他们那样并不是因为我缺乏勇气，只是在当局的淫威之下，我对那些秘密活动不抱有任何希望而已。前天，我去申请护照的时候，他们都不发给我，就连不发的理由也没有告诉我，而我只得到一句——最高当局的命令。我这才晓得，他们只给我留了两条路：第一，逃避决斗，而这对我而言是耻辱；第二，掩人耳目，逃离这个国家，之后，他们在半路上设下埋伏将我擒拿回去。如此一来，我就得接受他们的审判了，然后遵从他们的意思，把我朋友的案子无限期地往下拖着。"

"这些恬不知耻的家伙！他们就是一群对神不尊重的混蛋！"费妮婕再次打断了他的话，五根手指紧紧地握在一起。

"因此，走投无路的我，这才在波雷塔请走私客来帮我。他们说，明天一早，我们就能够到达皮斯托亚。我们约好，明下午在城郊花园决斗。"

忽然间，费妮婕一把抓起了菲利普的手，"菲利普，为了我，不要去达皮斯托亚的城郊花园，"她祈求道，"这是个圈套，他们会杀死你的。"

"这是必然的，费妮婕，这才是他们一直以来的目的。但是，你是怎么晓得呢？"

"你额头下的双眉紧蹙，还有你那颗躁动不安的心就足以让我明白！"她伸出纤长的手指，指了指他的额头还有胸口。

"难道，你也非凡人，是位女巫？"淡淡的笑容瞬间在他的脸上绽放了，他接着说，"你说的对，他们就是想方设法地要除掉我。他们邀请了托斯卡纳的神枪手来收拾我，还真是没有小觑我呀，因此，我更加不能畏缩。话说回来，天晓得，这场决斗是否会顺利进行呢，天晓得！或许，你有一些神奇的魔水，可以预知未来和占卜真假吧？都到了这一步，费妮婕！依然无法回转了！"

"你的那个想法必须消失，"他停下了好一阵子，再次开口道，"把你所谓的旧爱藏在心底吧。如今这一切，可能就是圣母所安排的，她让我在临死之前来为你解开心结，让你重获自由，不再受任何的牵绊，可怜的姑娘。说实话，你亲眼所见，我们并不般配。你芳心暗许的，是7年前的那个菲利普，那个放荡不羁的、异想天开的、只剩下爱情忧愁的菲利普。眼下对于这个思想怪异、退隐避世的人，你还有什么好期待的？"

他来来回回地走着，大都是在跟自己说话，最后的那几句话说完后，他才走到她的身边，想拉起她的手，不曾想却被她的样子给吓着了。费妮婕的脸上失去了血色，冷艳得像一朵冬季里的白玫瑰，之前的那份柔情也荡然无存了。"菲利普，你不爱我了！"她的语速很慢，语调也被刻意压低了，这一番话好像不是她说的似的，她似乎集中了注意力，仔细地听着，想要知道这话的意思。不一会儿，费妮婕大声地叫了起来，用力地把他的手给推开了，由于用力过大，

84

桌子上的铜灯也被这强烈的震感给震到了。此时，富科的愤怒声跟挣扎声从外面传了进来。"不，不是这样的，你不爱我！"她的情绪再次激动起来，她的声音里充满了哀怨，"难道，我的怀抱比死亡还要恐怖吗？难道，我们离别7年，好不容易等到重逢，所有的这一切为的就是告别吗？你怎么会将生死置之度外？难道你不知道，你的命是跟我的命息息相关的吗？如果你真是这么想的，我宁愿双目失明、双耳失聪也不愿意看到这样的结果，也不想再听到你那残忍的话语，如今，你让我生不如死啊。如果事先就知道你来是为了伤害我的，那还不如让富科把你吃了！为何你没有葬身于谷底？我好心痛啊，就像被谁扯着一样的疼痛，撕心裂肺的痛！我万能的圣母啊，请您看看此刻的费妮婕有多么的痛苦呀！"

她的双腿一软，突然间在圣母像前跪了下来，前额深情地贴着地板，手则是一对整齐的平行线，对着圣母像伸着，这姿势像极了正在祈祷的信徒。富科那发狂的吼叫声引起了菲利普的注意，他知道，这里面还隐含了她的不幸、细碎的祈祷与感叹声。就在这时，月光的银白色已经撒向了大地，有的已经钻进了屋子，点亮了屋子里的安静。他想提提神，再向她分析一下自己目前的处境，谁知，就这么几秒钟的时间，他忽然间感到脖子被她的胳膊紧紧地缠住了，那片香唇差一点儿就贴到他的脸上了，两行热泪打在他的脸颊上。"亲爱的，请不要去跟他们决斗了！"她的脸上写满了可怜，抽泣着、乞求着，"如果，你就在这里落脚，任谁都不会找到你的呀！随便他们怎么说好了，他们都是刽子手，他们惯用些阴险、毒辣的手段，他们是披着人皮的豺狼，不，他们的残忍要远胜于亚平宁山上的狼，没错。"她的双眼里蓄满了泪花，深情地看着他，"你就留下吧，感

85

谢圣母的眷顾，引领你回到我这里来，我可以保护你的。亲爱的，我的这些气话，我也无法控制住……不过，我的心在害怕，是它告诉我，我的这些话中还有这些怨气。请你，请你不要跟我计较。我得告诉你，倘若谁认为爱情可以随意地遗忘，忠诚可以随意地被践踏，那么，他一定会下地狱的。莫非，你所想的是栋新房子吗？可以呀，我们这就修建吧。如果你喜欢安静，那我们就安排他们离开，当然，尼娜和富科也会随他们一起离开的。如果，你担心的是他们以后会把你出卖了，那也没关系，我现在连夜就走，对，现在就离开。这儿的路我都识得，我能保证在天亮之前进入谷底，我们往北方一直走，一直走，去热那亚，去威尼斯，总之，我会陪着你去你想去的任何地方。"

"费妮婕，你说完了没有？"他的语气中多了些责怪，"这些废话就别说了，我是不会娶你的。即使是我明天侥幸活了下来，那也是短暂的苟延残喘，我心里非常清楚，我是他们的肉中刺。"随后，他的毅然决断中还藏着一份温柔，扒开了她搂着他脖子的双臂。

"费妮婕，你看看，"他继续说着，"眼下，已经很不幸运了。我们绝对不可以在没有理智的情况下行动，这样会让我们的处境变得更糟糕的。可能，当若干年之后，你收到我的死讯，那时你已经拥有了一个幸福美满的家庭了，面对着他们，你一定会在心里高兴地说——我如今的一切是源于他当初的坚持，尽管当初相见时，他很放浪。好吧，我们的谈话就此停下吧，我得去休息了，你也要睡了，请让我明天走得了无牵挂。一路上，走私客都在夸你是个好姑娘。如果你不想被人误解或者说闲话什么的，明早的拥抱就免了。好了，费妮婕，晚安！"

他说着就把手伸向她了，尽管这里面带着他的一丝亲切，但是，她却不想触碰。银白色的月光撒到了她的脸上，她的脸顿时像极了一朵被风雨摧残了的梨花，紧紧蹙起的眉毛和被眼泪软化了的睫毛中透着一股浓厚的阴郁。"这一切都是因为7年前的那个夜晚，我的理智吗？"她的声音很弱，"这些年，我吃够了相思的苦。这下可好了，此时的他居然想叫那个十恶不赦的理智来剥夺我的幸福，从此叫我不再拥有幸福，直至我死亡。不可以，不可以啊！无论说什么，我也不能让你离开——如果你走了，被他们杀死了，我还怎么活啊！"

"费妮婕，难道我说的，你没有听到吗？"他已经无法继续忍受下去了，"我告诉你了，我要睡了，要一个人待会儿，你为什么还在这里语无伦次的，你是要把自己给逼疯吗？你还没有发觉，这一切的始作俑者是我的荣誉吗？我有自己的理想，我不是可以任凭你玩弄的玩偶。我的路，我早就选好了，不需要你来陪。说，我可以睡在哪块羊皮上，我再最后说一句'与其相濡以沫，不如相忘于江湖'。"

"不可以，即便是你赶我走，动手打我，我也不会走的。即便是我们中间还隔着死亡，我也会拼尽全力去救你的。无论生死，我费妮婕都是你的。"

"你给我闭嘴！"菲利普突然吼了她一句，他整个脑袋像极了熟透了的西红柿，他一把推开了身材丰满的她，"你给我闭嘴！今天我们就到此为止吧，以后也不会再有话题了。你的意思是，我只是样物件，无论是谁喜欢了、看上了，就是他的吗？我是人，谁都别指望能把我据为己有，除非我心甘情愿。你是等了我7年，莫非你以为你在第8年就有了可以占有我的权利了吗？你这样讨好我的方式很拙劣。7年之前，我所爱的是你，却并非是今时今日的你。如果，那时你也这般主动投怀送抱，强逼着我爱你的话，那么，结果将会和今晚一模一样，我向来吃软不吃硬。谁理你，我们只是店家跟客人的关系。此刻，我才发现，那时我只是怜悯你而已，绝对不是爱。我再重复一次，我可以睡在哪里？"

他声色俱厉、一字一句说完后，便不再作声了。不可否认，他认为自己必须用这样的语气跟她说，即便自己感觉很难受也要这么做。她听完之后，并没有如他所设想的那样歇斯底里，这让他感到惊讶。他本来盘算着，此刻的她会感到痛不欲生，再由他去用花言巧语来安抚她那颗受伤的心。出乎他的意料，她冷漠地与他擦肩而过，她在离火铺比较远的那扇门前停了下来，推开了木板门，指了指门上的铁插销，就回到了火铺旁。

他进去后，很快就把铁插销给插上了。而他并没有着急入睡，而是安静地躲在门后好一会儿，暗自趴在门缝上留意着外屋她的一举一动。屋外，仍然是一片宁静，只有富科的骚动声与厩舍里马的蹑地声，还有从远处传来的撕裂了薄雾的萧萧风声。此时，明月高悬，他将窗户墙的间隙中的一大把干草给拔掉了，没有干草的房间在月光下显得更为明亮了。这时，他才晓得，这间房是费妮婕的闺房，墙边摆放着一张窄小、整齐、干净的床，床边还有一个柜子，没有上锁，一张小小的茶几，一只矮小的凳子；墙上满是圣者像与圣母像；房门的一边，下面放着个圣水钵，上面挂了一个耶稣受难十字架。

而此时的菲利普虽然是坐在床铺上的，但是感觉像是坐在石头上似的，他的内心波澜起伏，他的双脚蠢蠢欲动，想要逃离，他打算跟费妮婕说，他为什么要令她伤心，这一切的一切都是为了给她治病。他对自己的这种懦弱感到厌恶，一直用脚狠狠地踩在地上来宣泄内心的情绪。"这也是没有办法的办法呀，"他自言自语地说，"为了避免作孽和受到诅咒，只能出此下策了。整整7年啊，我可怜的费妮婕！"一把镶嵌着很多小金饰的大角梳，正躺在小茶几上，他不由自主地把它拿起来，忽然间，费妮婕那头乌黑浓密的发辫又出现在他的眼前了，还有那条藏在发辫下的脖子，就连这白皙的脖子都给人一种桀骜不驯的感觉。最后，他不得已才把它扔到柜子里去，柜子里整齐地摆放着已经洗好的衣裙、头巾，还有很多小首饰。菲利普慢慢地把柜门关好，走到窗前，视线往外扫去。

这栋房子位于特雷庇村的最前面，站在窗前向外望去，能够把整个高原都尽收眼底。那边的峡谷背后，一块巨岩在月光的照射下更显得光秃秃的，看样子此时月亮已经挂在屋顶的正上方。侧面，几间仓房映入了他的眼帘，有条羊肠小道沿着它们通往深谷。岩石路上，一株枝丫光秃秃的小松树孤零零地立在那里，此外，还有散落的几丛荆棘屹立在岩石地上。"这种地方，"他想着，"当然没法忘记她啊。不，我要改变主意！没错，说到底，她深爱着我，因为我，她不再打扮自己也拒绝那些玩世不恭的公子哥儿们的花言巧语，她是我的新娘。如果，我把如此水灵的姑娘带回家，老马会露出怎样惊讶的表情来啊！房子也不需要装修，多余的房间原本就没有人打理，冷冷清清的。我总是心事重重，如果偶尔可以听到她爽朗的笑声也很好啊——菲利普，这样想是很愚蠢的！你怎么能让她去波洛尼亚成为一名寡妇呢？不可以，绝不可以！不能再罪上加罪了！我得提前叫醒走私客，趁着他们睡意正浓时，偷偷地离开。"

就在他回到床上，把疲惫的四肢摊开时，忽然间看见，一个女人从屋子的阴影里走了出来，站在月光下。虽然没有看清楚她正面的样貌，但是，菲利普敢断定她就是费妮婕。她大步流星地顺着那条小路往深谷走去。一瞬间，他打了个寒战，一个可怕的想法在脑海里闪过：难道她要想不开？他突然间跑到门口，吃力地拔着插销，旧插销生锈了，死死卡在那里，他使出吃奶的劲儿也于事无补。一股寒气直逼他的额头，他费力地喊叫着，用拳头捶、用脚踹着门，那门就是毫无反应。这时，他的希望彻底崩溃了，他跑到窗前，疯了似的推搡着墙壁，墙上的石头有些松动了，就在这时，他又看到了她的身影，她回来了，正往这边走来。只是，她的手里多了样东西，尽管月色朦胧，昏暗得无法辨认，可是，他还是看清楚了她那俊秀的脸庞，她的表情平静得令人敬畏，她似乎还在想些什么。她路过他的窗前时，看也不看，径直走进那片昏暗之中。

这一夜菲利普不仅处于惊慌、恐惧之中，还承受着疲惫的折磨，老是意味深长地叹气。忽然，一声巨响传入耳内，这是富科的声音，不是愤怒，也不是悲鸣，这倒让他原本就郁闷的心情变得更加烦躁了。他探出头去，屋外一片寂静，这片高原被染成了黑色。富科突然间尖厉地连续吠了几声，这段短促的哀号声让人不寒而栗，慢慢地，他的周围也随之安静了下来。后半夜里，他只听到门被风吹得碰响了一下，还有她踏在石头上的声音。他一直站在门后，最初只是安静地偷听，没多久他就开始叫她，祈求她吱一声儿，而这都是徒劳无功的。在得不到她的回应后他只好躺回床上，病快快地望着天花板，凌晨的时候，那轮明月也躲到了山腰处，他终于睡着了。

等他再次醒来时，四周仍是一片黑暗，他起身，也分辨不出是什么时候了。一束微弱的阳光从墙洞里射进来，直到此时他才发现，墙上原本有的窗户都被草给堵上了。他刚把野草扔出去，一束耀眼的阳光就迎面扑来。他气自己睡过了头，更气走私客没来叫醒他，还有……她，他武断地揣测这一切都是她的阴谋，他跑到门口，拔开插销，走到隔壁房，看到她正坐在火铺边，看上去很惬意，似乎等了他很长时间。她的脸就像是一池平静的湖水那般，泛不起任何的涟漪来。他用疑惑的眼神看着她，之前的哀愁还有那股逼迫自己镇定的神情都没了踪影。

"这是你干的吗？"菲利普对她大声地说。

"没错，"她的神态依旧还是那样的平静，"你很累，就算是现在去皮斯托亚也晚了，如果您下午才到的话……"

"谁让你瞎掺和的！你非要死缠烂打吗？费妮婕，那些走私客呢？你是帮不了我的。"

"你雇佣的走私客都走了。"

"走了？你在骗我吧，他们究竟在哪里？你疯了，就这样让他们走了？我还没给钱呢！"话音刚落，他就跑到门边，想出去追他们。"我给他们了。我跟他们说，你得睡觉，你睡醒后，我会亲自送你下山的，正好，我也要到皮斯托亚附近采购一些酒水。"她一直坐着，言语间看似很随意。

菲利普憋了一肚子的火。

"哼，不劳你大驾，我这一生都不需要你来送！你这老谋深算的家伙！肤浅，你以为这样就可以困住我了吗？我现在和你一刀两断，永远不要再见，我鄙视你，你居然愚弄、嘲笑我。你以为，就这么个小诡计就能将我拿下吗？我不需要你！我只需要你的伙计，给，这是给走私客的钱。"

他扔下钱包就摔门而去，他想去找别人帮忙。"别白费功夫了。"她说，"你找不到人的，我的人都进山了。目前，只有我才可以带你走出去。你不妨到外面看看，难不成你还想指望那些老弱病残的人带领你走出去吗？"

"还有，"见到他一直用后脑勺对着她恼羞成怒、不知所措的样子，她继续说，"难道我就不可以吗？你怕了吗？昨晚的梦境告诉我，你不适合我。是，我对你还心存着一丝的眷恋，所以啊，只好借此来陪陪你了，这样，我的心也能感到满足。你觉得我还能害你吗？我没有束缚你，你随时都能走，随便去哪里，是生是死都与我无关。我只是想送送你而已，我敢向圣母起誓，这样可以了吧？我只是送你走一段路，在大路上我就停下，绝不会跟着你去皮斯托亚的。如果你一意孤行坚持独行，那么你很快就会迷失方向的。以前的危险遭遇，估计你还没有忘记吧？"

"你真是……"他咬着嘴唇，细小的声音从牙缝里发出来。此时，早已太阳高悬了，他左思右想，感觉自己并无损失。他只是不愿意低头而已。他转过身子，正对着她，她的双眸很是安详，他知道，她没有骗他。他觉得，一夜之间她似乎变了很多，他既奇怪又有点不高兴，她之前的歇斯底里和悲伤似乎早已消失得无影无踪了。他打量着她，感觉她应该不会骗他。

"好吧，就看在你理智的份上，"他的话冷淡得像一颗被冻得发蔫的白菜，"那，我们走吧！"

她面无表情地站起来说："吃点东西再上路吧，在路上，几小时内都吃不到东西的。"说罢，她给他送来了吃食和酒，然后自己走到火铺边吃着，她没有喝酒。菲利普想早点启程，随便吃了点东西后，就拿起酒壶一口气喝光了，然后，点上一支雪茄。此间，他看都不看她一眼，直到这时，离得稍微近了些，他才发现她的脸就像一朵用葡萄酒浸泡过的红色的玫瑰花，眼睛里闪过一丝得意。她快速跑到桌前，一把抓起酒壶，用力地扔到石头上，顿时，酒壶被摔得粉碎。"它是你用过的，谁都不可以再碰它了。"

此时，他百思不得其解，难道她做了什么手脚？他立刻又宽慰自己，她这般折腾只是还放不下，他不再言语，直接冲了出去。

"你的马已经被他们牵到波雷塔了，"她看着他在院里左顾右盼，接着说，"你是不需要马的，它会给你带来麻烦的，接下来的路会更难走。"

她边说边走，没多久就超过了他，不一会儿，他们就一前一后地离开了村子。骄阳如一朵火云般炙热，蒸烤着那些大小不一的屋舍，空气闷闷的，就连烟囱也好像跟着中暑了似的，没有一丝炊烟。此时，他才发现，这里的天空如同爱琴海的海水那般湛蓝，杳无人烟的高原更加显得雄伟壮丽。小道沿着宽敞的山脊一路向北延伸去，像极了一条忽隐忽现的隐晦的线。左面的地平线的对面，是一座山脉，突然间凹下去的地方，依稀可以看到一片海。附近和远处都没有树木，映入眼帘的只有些荆棘和野草。这时，他们已经走到了谷底，想翻越对面的那座山，就得先穿越这个山谷。没多久，他们便看到了针叶林和奔腾着流向谷底的泉水，山涧里的流水声就像少女那爽朗的笑声。她的步子依旧沉稳地踩在牢固的石头上，独自走在前面，她只顾着看脚下的路，根本没搭理菲利普。菲利普的眼神一直盯在她的身上，别的什么都没在意，他心里对费妮婕很是佩服。她用白色的大头巾裹着脸，他无法看到她的脸部，偶尔齐肩并进时，他又强迫自己直视前方，不敢看她。他觉得，这样的她，让他沉醉。白昼下，他才发现她脸上那种别样的羞涩，这是一种只可意会不可言传的感觉。他感觉，这张面孔一如 7 年之前，尽管他知道她已经成年了。

　　最后，他终于说话了。她，很大方，简单明了地回复着。她的声音里显得有些苍白无力，没有任何感情，与之前嘹亮浑厚的嗓音相比，略显生硬，说什么都像喝白开水那般索然无味。这条路，是最近几年来失意的政治人员逃亡的路线，那些人大多都在特雷庇歇息过。他描述着自己的朋友，想问她是否记得。他的那些朋友都与她无关，也就无所谓记得与不记得了。她心里清楚，有许多人确实被走私客领到她的店里来过。还有一个人，她忘了，说起那人时，她的脸通红，他们停下了步子。"他不是个好人！"她的脸色变得很难看，"我只能在大半夜的时候把伙计们都叫醒，将他赶了出去。"

　　说着说着，他们忘记了时间，而此时，离托斯卡纳还远着呢。他不知道，今天一定会有一个了结。他们走在一条曲径通幽的小道上，两边布满了杂草，那条飞瀑似乎只有 50 步之遥，不断有些细小的水花扑打到他们脸上。蜥蜴翻过岩石，成群结队的蝴蝶在模糊不清的阳光下翩翩起舞。这情，这景叫人感到惬意，而他竟毫无兴致观赏，他们一直在朝流水奔流的方向前进，根本没有向西转弯的意思。她的嗓音似乎有一种魔力，吸引着他。昨天，他跟走私客走的时候，脑子里怀揣着心事儿。此时，他们要走出峡谷了，前面的山岭一层层地叠在一起，沟谷的线条清晰可见，像极了纵横交错的河流，只是荒无人烟，一片凄凉。这时，他才如梦初醒，停下了脚步，仰望着天际。他知道，他们走反了方向，想要到达目的地，就得比走直路要多上 2 个小时。

　　"你给我站住"他大声地叫道，"幸亏我发现得早啊，你这个卑鄙的丫头片子。这是去皮斯托亚的路吗，你真是个阴险狡诈的女人啊！"

"没错，这不是去那里的路。"她已然面无表情，只是用眼神盯着地。

"你这个老谋深算的女人，就连魔鬼都得拜你为师。我真是瞎了眼！"

"恋爱中的人，拥有比魔鬼和天使更为强大的力量，没有什么是做不了的。"她的语气十分凄凉。

"你住嘴！"他愤怒地吼道，"你别得意，你真是自以为是！男人的意志你是无法想象的，我断然不会在你这个疯子所谓的'爱情'面前买账的。赶紧的，带我回去，带我走捷径。否则，我现在就掐死你，你这个笨蛋，愚蠢至极的家伙，如果你让我变成一个让世人都憎恶的人的话，那么，我必定会恨死你的！"

他把拳头攥得紧紧的，一个箭步跨到她面前，再往下，就不知道该如何是好了。

"来呀，你这就过来掐死我呀！"她的声音虽然在颤抖，却也洪亮，"菲利普，你杀了我后，你一定会趴在我的尸体上，哭成一个泪人，即便是你那时泣血，我也不会再活过来了。你会睡在我的尸体旁，一直跟那些想要分食我尸体的秃鹫搏斗。白天，骄阳的光辉会把你烤熟，到了晚上，露水的寒意会浸入你的骨髓。这一切，只会在你死亡的时候才会结束。你知道吗？你离不开我了。你觉得我还是曾经的那个乡下的小姑娘吗，我能把那7年的苦苦等待在一夜之间给遗忘吗？我知道，为这宝贵的7年，我付出了多大的代价。即使用它们来换你，而这，也是公平的。放手让你去跟他们决斗？这才是无稽之谈！你自己走，试试看。你会知道的，我有的是办法找到你，这辈子你都别想离开我。我在你的酒里加了爱情的毒药，它是有魔力的，谁都无法抵抗！"她趾高气扬地说着，像极了霸气十足、大权在握的女王。她优雅地伸出一只手来，如同对着大臣，展示手里的王笏那般。他则是傲慢地放声大笑道："你的药失灵了，此刻，我更加憎恨你。不过，我不跟笨蛋计较，否则我会跟你一样。可能，我消失了，你或许就不会再发疯病了。没有你的指引，我可以自己走。瞧见没？对面山上的那间小屋，那一定是放牧人的，还有一群羊在附近，篝火正旺，他会为我指路的。好了，我们以后再也不要见面了，你这个狡猾阴险的女人！"

他转身走了。她不发一言，平静地坐在峡谷一侧的一块巨大的岩石边上，双眼无力地垂着，直勾勾地望着溪涧附近枞树的那片浓荫。

他才离开她，就在布满乱石和荆棘丛中迷路了。即使不承认，她的话还是弄得他心神不定，无法继续赶路。这时，他看到牧人的篝火还在那里，就又打起精神来，盘算着出了峡谷再作打算。他以太阳为坐标，估摸着已经10点了。他从峭壁上爬下来后，一条隐秘的小道出现在他眼前，另一条小溪上还架了一座小桥；过了桥再往上爬，应该就可以到达那片草地了。他在小路上快步走着，最初路是陡直往上去的，没走多久，竟然在山腰上转起了圈来。直到此时他才发现，通过这条路在短时间内是无法到达目的地的，这一直往上，还有一些不能翻越的峭崖。他又不想折回去，只能走一步算一步了。起初，还算顺利，如同飞出牢笼，重获自由的小鸟。他不停地看那牧人的小屋，感觉，它好像在退后。慢慢地，他的步子也跟着慢了下来，之前的点点滴滴陆续地浮现在脑海中。他真的看着她就在自己的面前坐着，而且比以前发火的时候看得更清楚。他竟然对她产生了一种感情——同情。"她怎么还在那里，"他说，"真是让人怜悯的疯女人，居然相信真的有魔法。也难怪她披星戴月外出，天晓得她去采了什么草药。没错，走私客曾指着一些白色的、开在山岩间的花告诉我，那花名叫'爱情花'，非常灵验。可怜的花，他们把你恶化了。难怪那酒那么苦。她都这把年纪了，此时的天真和幼稚却更让人觉得难得、感人。在我面前，她是何等的自信，即便是古代罗马的女先知（将自己的著作扔到火里）也不能与她媲美。她的心柔弱得让人怜惜，而她的痴心则使她变得更美，真是让人感到可悲啊！"

他正一步步地向她靠近，竟然越来越被她的柔情和魅力所感动和吸引。他们没有待在一起，因此，所有的事情都明朗了起来，"都是我不好，我怎么能跟她计较，她只是想保住我的命，要我履行责任而已。我应该紧握她的双手，告诉她：费妮婕，我爱你，如果我还能活着，我一定把你娶回家。哎，我真蠢，居然忘了！我真该为此感到羞耻，我还是位律师呢！我怎么不像未婚夫似的跟她吻别呢？如此一来，她就不会怪我骗她了。而我，却随着性子，竟然弄得无法收拾。"

随后，菲利普继续幻想着以温柔的方式告别，隐约间感觉到了她的气息，还有跟她相吻那一瞬间。此时他仿佛还听到了她呼唤他的名字。"费妮婕！"他兴奋地回应着，心头如同小鹿乱撞似的，驻足在原地。溪水欢快地从他脚边流过，葱郁的树林淹没了天际，枞树安静地低着头。

他想要喊出她的名字来，却因为羞涩而欲言又止。羞涩和不安在他脑子里搏斗，他拍了下自己的额头。"哎，莫不是眼前出现了幻觉？"他自言自语道，"难道，她真的没骗我，那个魔法是真的？要是这样的话，我的意志力将无法抵御，那我就该成为她的木偶，这一生都会被人说成是女人的奴隶。不，不能这样，活见鬼，你这个女巫，拥有着一幅美丽的脸庞却沉浸在自己的谎言里！"

这时，菲利普又恢复了理智，同时也发现自己已经迷路了。既然后退不可行，那就只能去冒险了。最后，他告诉自己无论如何都得翻过那座山坡，好找到之前看到的那户人家。远处，便是奔流不息的泉水，泉水的岸边就是他攀爬的峭壁。他把斗篷搭在脖子上，从溪涧两旁的峭壁最近处，大步跳了过去。终于，他重拾信心向上爬，没多久就看见了阳光。

烈日当头，菲利普身体里的水分早都被蒸得差不多了，现在连嘴唇都开始干裂了，但他仍不愿意放弃。忽然，他感到有些恐慌，他怕自己这一切的努力都是徒劳。他一想到那壶酒，就血气上涌，暴躁地谩骂着酒里的魔力。眼前这些盛开着的小花，令他不由自主地想起那些拥有魔力的白花来，他不禁打了寒战。"如果那壶酒中真的有魔力的话，"他在心里琢磨着，"如果这花真有蛊惑人意志的作用，逼迫男人顺从一个少女的任性，那我宁愿去死，也不愿意接受这种屈辱，即便是死也不做女人的奴隶！这种事情是不会发生的！荒谬的谎言只能对付那些信服它的人。菲利普，你得像个男人！继续往前走，前面就是草地了。用不了多久，这些山，还有那些什么该死的魔法都会被抛在你的脑后的！"

尽管菲利普这样不断地安慰自己，但之前的不安并没有减少。这里的岩石、青苔还有树枝，都成了他的障碍，只有坚定信心，他才可以去克服它们。历经艰辛，他终于到了山顶，紧握住山顶的那丛荆棘，爬了上去。刚到山顶，他眼前一片浑浊，眼睛里都充了血，阳光直射到他的身上，强烈的光线照得他头昏眼花。他非常生气地擦拭着额头，取下了头上的帽子，用手指理了理蓬乱的头发，突然，他清晰地听见有人叫他。他感到很惊讶，然后寻声望去。费妮婕就坐在离他几步之遥的石头上，还保持着他之前离开时的样子。她坐在石头上远远地看着他，安详而幸福的神情填满了双瞳。

"菲利普，你还是回来了！"她温柔地说，"我以为你早就到了呢。"

"你这个妖孽！"他心里感慨万千，惊吓和害怕交织在一起，他失声地咒骂道，"我如此狼狈，如此痛苦，差点就变成烤面包的时候，你还要在这里落井下石吗？再见面，我只能诅咒你，为此，你就那么得意吗？我向圣母起誓，再相见，纯属意外，我还是不会受制于你的。"

费妮婕诡异地边笑边摇头。"可冥冥之中自有安排，"她说，"纵使你踏遍千山万水，最终你还是会来到我身边的。我在酒里加了7滴狗心里面的血，不难想到，这就是富科的血。可怜的它爱着我，却憎恶着你。因此，你也会憎恶之前那个不爱我的你，憎恶那个不喜欢我的你，也只有爱我，才是你心的归宿。你看，菲利普，你不是已经被我征服了吗？现在，我就告诉你怎么去热那亚，我的恋人，我的伴侣，我一生中最爱的人！"

她起身，展开双臂想去把他拥抱在怀里，却被他的脸色给吓愣住了。他的脸色灰白，那双眼睛全是红色的，嘴唇抽动着，帽子也掉了，双手摆出拒绝的姿势挣扎着，要她离远点。

"狗？狗！"他强迫自己说出来，"不能这样！你这个恶魔，你是不会得逞的！我宁愿堂堂正正地去死，也绝对不会向你摇尾乞怜。"然后，他诡异地狂笑，目光定格在她的身上。逐步往后退，跌跌撞撞地往后走，不料却一头摔下了之前所爬上的峡谷。

亲眼看到他从悬崖上消失，她也吓到了，捂着胸口，一声凄厉的尖叫声响彻了整个山谷。她几个箭步跨到崖头，站着，还是用双手捂着胸口。

　　"圣母啊！"她喊道，立刻从悬崖上往下攀爬，目光直盯着谷底。她气急败坏地叫骂着，单手捂住胸口，腾出另一只手紧紧地抠住石缝、拽住树枝。好不容易才到了枞树底下，她看到菲利普双眼紧闭的躺在那里，鲜红色的血液从额头与发间流了出来。他面朝着天的被挂在一枝树干上，衣服破了，看上去他的右腿也受伤了。她也不知道，他是否还活着，她抱着她，感觉他还有气息。可能是搭在脖子上的斗篷救了他。"感谢上帝！"她放心了。这时，她仿佛拥有了神力，一把抱起那个昏迷不醒的男人，往峭壁上爬去。她爬了很久，中间不得不把他放在青苔与岩石间歇息一会儿，可他还是昏迷着。

　　就这样走走停停之后，她终于抱着他爬上了崖顶，由于体力透支，她也晕过去了。过了一会儿，她醒来，慢慢地支撑起身子往牧人的小屋走去，快到时，她对着峡谷的对面吆喝了下。回声传来后，又传来一声男音。她再喊了下，没等那边回复，就直接走到气若游丝的菲利普身边。然后，她吃力地把他抱到那面巨岩的背后，菲利普在那里休息了一阵后，微弱地睁开双眼。映入眼帘的是两个牧人，一个老头儿，还有一个大概 17 岁的年轻人，他们在尽全力救治他。他只知道自己的头靠得很舒服，却不知是靠在她的怀里，貌似她被他遗忘了。菲利普深呼吸了下，感到腰酸背疼，便再次闭上了双眼。最后，他气喘吁吁地祈求着："你们两……好心人，麻烦你们赶紧去……皮斯托亚。那儿……有人在等我。上帝……会保佑你的，若你愿意去给'幸福女神'酒店的店主报个口信儿……我，我叫……"

100

此时，他因没有力气又昏迷了。

费妮婕吩咐道："你们现在把他抬到特雷庇，尼娜会给他安排床位，要她叫齐亚鲁加老婆子来为这位先生治伤。托马索，抬肩，比波，抬脚。很好！我去皮斯托亚。你们仔细点！把这个打湿，敷在他的额头上，遇到泉水就再弄一次。懂了吗？"

费妮婕从头巾上撕下一部分，浸泡在水里，然后把菲利普那血淋淋的伤口包扎好。牧人把菲利普抬着往特雷庇走去。费妮婕用忧伤的目光目送着他们的背影离去。他们远去后，费妮婕才急忙撩起裙子，顺着陡峭的小路往山下跑去。

大概是下午3点左右，她赶到了皮斯托亚，城门对面的不远处就是"幸福女神"酒店，此时，大家都在午睡，店里没什么人。几辆松了挽具的马车就停在店前的凉棚下，车夫们都坐在弹簧垫上小憩；隔壁街的铁匠铺也休息了，路旁的树被厚实的尘土裹得很严实，叶间透不过一丝风来。她径直走到井边，自己转动着机器，打了些水上来，洗了洗脸和手。然后，喝了一会儿水，解除了饥渴后才往店里走去。

店主睡意正浓，从柜台里的长凳上站起来后，见是一个乡野的小丫头跑来骚扰他的午休，又缩到了柜台的后面。

"什么事呀？"他极其不耐烦地问道，"想吃喝就自己去厨房弄。"

"您就是店主？"她淡定地问道。

"如果我不是，还能是谁呢？我巴尔达萨勒·迪兹就是'幸福女神'的店主，这里无人不知，我说小美人，你来找我有何贵干啊？"

"是菲利普·曼尼律师要我来给您带个口信的。"

"嗯，这是真的吗？如此一来，那就得另当别论了。"他马上起身，

"看样子，他无法前来了，是吧，孩子？里边还有位先生在等他呢。"

"请带我去见他们吧。"

"哎哟，还不愿公开！就不能让我知道，他要你转告些什么吗？"

"不。"

"那好吧，孩子，看样子，每个人都有秘密，你真是个美丽的小顽固，跟我老倔头如出一辙。好吧，他来不了，想必，那位正等着他的先生会很失望的，他们似乎找他有急事。"

店主不说了，斜侧着打量她。费妮婕与他寒暄后，便推开了门，他戴上草帽，摇着头，跟着她往里走。

后院是座小型的葡萄园，他们需要穿过去，店主不时地挑选着话题，想要跟她搭讪，真是少见多怪，她不理睬也不发言。林荫小道的尽头藏着一个凉亭，百叶窗无一打开，里面还被块厚重的窗帘布给挡着。店主在亭子附近叫住了费妮婕，一个人去敲门。门开了。窗帘拉开了一半，里面的人也盯着她。店主又走回来，告诉她，里面的人有话要问她。

费妮婕刚进门，背对着她坐着的男人就起身了，眼神冰冷地瞅了她一眼。其他两个没动。桌子上摆了一些酒瓶还有杯子。

"律师先生是害怕了吗？即使是顶着懦弱的骂名也不愿意来了吗？"她对面的男人问，"你又是谁？你的话有什么证据可以证明是确实可靠的。"

"你好，先生，我叫费妮婕·卡塔涅奥，来自特雷庞村。证据？我没有，但是我没有理由跑到这里来撒谎。"

"那他为什么不亲自来这里？看来是我们错了，他不是个遵守诺言的人。"

"他的确是个遵守信用的人，他不慎摔下了悬崖，伤到了头和脚，昏厥了。"

他们对视了一下眼色，说："费妮婕·卡塔涅奥，在我们面前撒谎，你还太嫩了点。他要是昏厥了，怎么会叫你来这里报信呢？"

"后来，他醒了一会儿交代的，有人在'幸福女神'酒店等他，得过去告诉他们，是因为什么事情而耽搁了。"

他们其中的一个人冷笑了一声。"我说吧，"先发问的人说，"你鬼话连篇，我们一个字都会不信的。当然了，信誉与生命相比到底还是逊色了些。"

"先生，您的意思是，菲利普先生是因为害怕死亡才不敢来的？这简直就是诬陷，是无耻，上帝也不会原谅你的。"她的语气很强硬，用眼睛将他们扫视了个遍。

"丫头，你可真是个好人，"那人讽刺道，"你就是他的朋友吧？"

"才不是，圣母可比你们清楚。"她低声地说道。

他们讨论着，他们其中的一个说："那儿还在托斯卡纳管辖范围内。"

"难道你相信她说的了？"另一个问道，"他在特雷庇是吧？"

"不信，你们自己去看看！"费妮婕接过话茬，"要是想要我当向导，就不能带武器。"

"傻瓜！"之前背对着她的男人说，"你不觉得，我们不忍心要你这个小美人命吗？"

"我不是怕我受伤害，我是担心他。"

"费妮婕·卡塔涅奥，你还有别的条件吗？"

"还有，我们需要医生，你们谁是医生？"

没人答复，他们又开始窃窃私语。"我来时，与他在前面相遇，愿上帝保佑他还在。"一个男人说完，便走出凉亭去了。没多久，他就带了个人陌生人进来。

　　"估计，你是愿意跟我们去特雷庇的。"第一个讲话的人说，"我们边走边说。"

　　后来的人敬了一个礼，他们便起程了。费妮婕在厨房里要了块面包，拿着就啃。然后，她跑到最前面，往回赶。一路上，她只顾着赶路，完全无视了那群健谈的家伙，她走得很快，好几次被他们叫停下来。她站在原地等他们，魂儿早就跑到前面去了，她的手指还是挡在胸前，若有所思。一路上，他们走走歇歇，黄昏时分才抵达山顶。

　　特雷庇村还是那样，了无生气。几个孩子挤在窗洞前好奇地张望着，几个女人在门口堵着，目送着他们。费妮婕回来后也不跟邻居们搭讪，径直往家走，邻居们向她问好时她也回以摇手。一群男人站在她家的门口聊天；伙计们在打理装备好的马匹；走私客来来回回地进出着。他们看到陌生人，就瞬间寂然无声了，随后，让出一条道请他们进去。费妮婕和尼娜在大厅里交谈了几句后，就进了自己的卧室。

　　屋子里灯光昏暗，菲利普躺在床上，特雷庇年纪最大的老婆子就蹲在他身旁。

　　"齐亚鲁加，他的情况严重吗？"费妮婕问。

　　"感谢圣母，还好！"老婆子说，接着就迅速地扫了一眼跟着她进来的人。

　　菲利普逐渐清醒过来，惨白的脸色竟然泛起了亮光。"你？"他问道。

"没错儿，跟你相约决斗的先生被我带来了，让他看看，您是真的去不了。医生也来了。"

菲利普有力无气地，逐个打量着他们的脸。"他不在他们中间，"他说，"我不认识他们。"

说完，他准备闭目养神。这时，他们的代表说话了："菲利普·曼尼律师，久仰大名了，我们奉命在皮斯托亚等候您的到来，按照上级的指示前来抓捕您，您的信件已经被我们截获了，这才得知你来了托斯卡纳，最主要的原因是跟某些人恢复联系，好搭救那些在波洛尼亚的同党们，至于你们约好的决斗，只不过是个幌子而已。我们是警员，这是逮捕令。"

他从口袋里取出一张纸来，拿给了菲利普看。菲利普迟疑地看着，满脸都是莫名其妙的神情，然后又晕了。

"医生，给他验伤，"警官吩咐医生道，"如果伤势较轻的话，那么就立即把他带下山去。我们把屋外的那些驮着私货的马匹全部充公，如此，这桩走私的案子就结了。顺便了解一下来特雷庇的人，免得日后再麻烦着去调查。"

费妮婕趁机溜了出去。老婆子仍旧安静地坐在那里，小声地祷告着。一片喧哗声传了进来，还有人焦躁地进出的脚步声。张望的目光也多了，但瞬间就消失了。"行了，"医生说，"再包扎一层，就能下山。要是让他在这里由老婆子照顾，他会好得更快的，她有疗效不错的草药，这一点就连一名医也望尘莫及。警官先生，只是，伤口在路上发炎的话会要了他的命，我可不担责任啊。"

"当然。"警官说，"只要能下山就成。快点包，扎得越紧越好，抓紧时间，我们立即启程。趁着月光，找个小姑娘带路。莫尔查，你现在去牵马。"其中一位探员推开门走了出去，但是却被眼前这一幕给镇住了。屋外聚集了全村的村民，两名走私客是这些人中领头的。他看到，费妮婕在宣布事情。

她站在门口，严肃地说："先生们，你们得立即离开这里，要想再见到皮斯托亚，就留下伤员。我，费妮婕·卡塔涅奥打从继承这里起，这里还没死过人。愿上帝保佑。就算你们人手再多，也回不来了。还记得，两峭壁间的石梯吗？只容得下一个人通过。这样一来，小孩儿只要往下滚石头就能守住了，在这位伤员离开这里之前，我们会一直安排人去把守关口的。好了，你们可以滚了，继续吹吧，不但是骗了我，还准备杀一个处于昏迷中的人。"

她说完，三个警员的脸上顿时失去血色，屋里鸦雀无声。顷刻，他们三个同时掏出手枪，警官冷冷地说："我们是来执行公务的。难道你们想妨碍公务吗？不要逼我们用暴力的手段来捍卫法律，如此，将会有六个人受到不同程度的伤害。"

村民的议论一时间便炸开了。"请大家安静一下！"费妮婕严肃地说，"他们没胆。他们心里清楚，如果他们要是杀了我们其中的一人，他们就得加倍偿命。他们这些混蛋。"她转过脸去嘲笑警官道，"你们的理智都摆在满脸的恐惧上。还是逃命去吧，识时务些。先生们，请吧。"

她往后站一步，用左手指着门口。他们讨论了会儿，谩骂声一声比一声高，他们就像个泄了气的气球似的穿过了愤怒的人群，溜了出去。医生不知所措，不知道是否该跟上去，当他看到姑娘把手一挥时，才匆忙地追上同伴。

菲利普欠起身，这一切都被他看在眼里，记在心里。这时，老婆子齐亚鲁加见他醒来，便走过来，帮他垫好枕头。"孩子，再躺会儿吧！"她说，"这下，你安全了。我可怜的孩子啊，再睡一会儿！有我齐亚鲁加老婆子在这里照看着你。再说了，还有我们的费妮婕保护着你呢，你现在很安全，她真是个不错的姑娘！快睡吧！"她哼着催眠曲，哄着他睡觉。他，已经把"费妮婕"这三个字一起带进了梦里。

　　菲利普在老婆子的照顾下，在特雷庇住了10天。晚上睡得很香，白天最多是在门口呼吸着新鲜的空气和享受着这里独有的寂静。不久，他就能写信了，差了个年轻人去波洛尼亚送信。次日，就收到回信了。只是，他不喜形于色。他只能跟老婆子和小孩交谈，他想见费妮婕，但那也只能等到晚上，她才会出现在火铺旁安排相关的事宜。她这些天，天刚亮就出去，直到晚上才回来。而这些，都是他从别人的对话中无意中得知的。即使她在家，他们也不交谈。如此看来，她真的做到了无视菲利普的存在，她似乎已经恢复了以往的生活。只是，她给人的感觉很冷淡，目光里透着阵阵寒气。

　　一天，天气很好，菲利普便稍微走远了些。不知不觉中，他再次下了那个缓斜的坡。当他走进山谷时，他竟然看到了费妮婕就坐在山泉边的青苔上，不禁愣住了。她摆弄着纺车、纺锤，似乎陷入了深思中。听到了动静，她才抬起头来，仍不说话，脸上也没有表情，起身就要走。菲利普叫她，她不理睬，一眨眼的工夫就不见了。

　　第二天，他起床后，头一件事就是找她。此时，门开了，她神色平静地站在门口，气势颇高地一挥手，命令准备从窗前跑向她的菲利普停了下来。

"您恢复了健康，"她的话很冷，"我跟老婆子说过。你可以继续旅行。目前，不能太着急，得骑马。明早您就走吧，这一辈子都别再回来了。这个，您必须得答应我。"

"费妮婕，这个要求我可以答应，不过有件事你也得答应我。"

她沉默不语。

"那就是——我们一起离开！"他激动得不能自已。

她的眉目间凝聚了一团怒气，却还是那么安静，她抓着门手说："我就该承受你的讽刺吗？先生，你没得考虑，保重吧。"

"费妮婕，你用爱的魔法控制了我，让我跟随你后，就要抛弃我吗？"

姑娘面无表情地摇着头。"魔法失效了，"她小声说，"药效还没有发作前，您就流血了，魔力自然失效了。是啊，这就是报应。不说了，你直接走吧。马匹、向导都为你准备好了。"

"药的魔力失效了，而我又跟你难舍难分，这肯定是另一种魔力，一种只有上帝赐予我的，你不知道的魔力。"

"够了！"她答道，生气地嘟着嘴，"这些话对我没用。你是觉得亏欠我呢，还是对我的一种怜悯？你走吧，我不需要。你以为我还是那个单纯的小姑娘吗？我算是明白了，是金钱和任何代价都换取不来的。帮助你也好——这是应当的——这 7 年的期盼也好——在上帝面前都不值得一提。你没有对不起我，我得感谢您治好了我的病！但是现在，你走吧！"

"你赶紧向上帝起誓，答应我啊！"菲利普狂吼着，跑到她面前，"那你的爱情呢？"

"没爱情，"她干脆地答道，"那跟你有关吗？这是我的事，你也没权利过问。你还是走吧！"

说完，她往后退了一步，刚走到门口，突然，他便跪倒在她脚边，一把搂住了她的膝盖。

"你是在说气话吧，"他痛不欲生地喊道，"求你来拯救我吧，接受我的表白，我们永远在一起吧！否则，圣母为我保全的头颅，就会跟你准备抛弃的心一并粉身碎骨的。失去你，我的生命将毫无意义。我被以前和现在的故乡所摒弃，我的生活已经被仇恨所占据，我的世界苍白而又凄凉！如果再失去你，我的人生将毫无意义。"

说完，菲利普抬起头来，望着她，两行晶莹的泪珠从费妮婕的睫毛上滚落下来，不过她却依然面无表情。良久，她长长地叹了口气，张开双眼，嘴角抽动着，却没发出声来。刹那间，生命之花在她体内绽放。她俯着身子，用粗壮的双臂揽住了他。

"菲利普，你是我的！"她激动得每个字都加了重音。

"我当然愿意成为你的！"

次日，旭日东升，这对恋人起程了。菲利普准备去热那亚，好避开敌人的陷阱。他和他的未婚妻费妮婕一前一后地骑在马背上，他的身材高大而略显苍白，费妮婕手执着缰绳。此时，秋高气爽，他们走在峰峦叠翠的亚平宁山脉的中间，细长的山路向远处盘旋开去。一只只雄鹰回旋着翱翔在峡谷上空的远方，湛蓝色的海水上波光粼粼。他们将要面对的未来，也跟这片海水一样，明亮而又宁静。

死湖情瀾

现在还是盛夏时节，而远处的那片山上凛冽的寒风就像一把把匕首似的，豆大的雨滴连成一片，这场暴雨就像是暴风雪的前奏。天色如此晦暗，不过是傍晚时分，就已经黑成这样了，前面那死湖边上的不过百步远的房子也看不清楚了，那是一栋粉刷成白色的房子。屋子里的火苗雀跃着在炉子里跳着舞，厨房里的女主人忙着煮鱼汤，还不忘记用脚踏动着已经移到了灶台边上的摇篮。这间屋子的男主人在客厅里的一张长凳子上躺着，恨不得将整个人都贴在壁炉上，他还不时碎碎地咒骂着那些打搅他睡觉的苍蝇。屋子的角落里坐着一个光着脚的使女，她正忙着纺线。她的眼神却透过这层模糊不清的玻璃，望着屋外的那团黑云，发出一阵阵哀怨的长叹声。这时，一位身强体壮的长工从外面跑了进来，他的嘴里不知道在嘀咕些什么，他就像一只落水狗一样，不停地抖落着身上的雨水，这些被他抖落的大滴大滴的雨滴往周围迸射开来，然后，他将那堆被雨水浸泡过的渔网扔到了壁炉附近的那个墙角里。屋子里依旧鸦雀无声，他们好像都小心翼翼地做着自己手里的事情，生怕一不小心就会让那层盘旋在屋顶上的烦闷的乌云突然间演变成一场失和的、争吵的冰雹似的。

这时，屋子的大门被打开了，一个陌生的脚步声从那条昏暗的走廊里往这边飘过来。男主人还是那样躺在长凳上，一动也不动，使女站起来，把客厅的门给打开了。

　　一个身上穿着旅行服的男人在门口站着，他询问这里是不是"死湖旅馆"。使女告诉他这里就是，他这才走了进来，脱下那条被雨水打湿了的花格子披风，然后随手扔到了桌子上，他把行李袋也搁在了那里，然后选了一条长凳，二话没说就坐了上去。看上去，他早就被这场大雨淋得筋疲力尽了，那被雨水泡湿的又重又沉的帽子都没去摘掉，那支登山拐杖也被他拽在手里，感觉他休息一下之后又要忙着上路似的。使女站在他面前，安静地等待着他的吩咐。而这位客人自顾着休息，忘却了这间屋子里还有别人，他将头轻轻地依靠在墙上，然后就闭目养神了。就这样，这间闷热而潮湿的客厅里又恢复了之前那种安静，而那些苍蝇嗡嗡地乱叫声，应和着使女的叹息声，不时地打破着这里的宁静。

　　没过多久，老板娘端着晚餐从厨房走了过来。一个小男孩手里掌着一盏灯，跟在她的后面，瞪着圆鼓鼓的小眼睛打量着这陌生人，老板这才起身，看样子他从长凳上起来很费力气，呵欠连天、慢慢地挪到餐桌边。他并没有打算去照顾客人，只是让老婆去招待客人用餐，可是，客人还是不说话，摇摇头，婉拒了老板娘的好意。老板娘满是歉意地说，这里只有为数不多的几只鸡和鸭，没有别的肉类。她们根本买不起肉，2年前，约赫山那后新修建了一条公路，以前经过这里的邮车，现在也都走那条道了，而且先生太太们本来就很少来这里落脚。如果天气晴朗，可能会有一两个步行旅行者或者打算画死湖的画家会到这里，而这些也只是杯水车薪，就算是去捕鱼所能赚到的钱也是非常的少。当然了，要是先生准备在这里住宿的话，我们店里的床位倒是非常干净整洁的，还有，旁边的那间屋子8天前才粉刷过。最后要说的是，她们把一桶啤酒和一坛地道提罗尔葡萄酒藏在了地窖里，不仅如此，她们还酿了些龙胆草烧酒，很多人喝了都赞不绝口。

老板娘这一通殷勤的话仅仅只换了客人的一个"是"字，他会在这里留宿一晚，而且他只要了一些清水。随后，他站起身子，看也没看那四个围在餐桌旁只顾着默默吃晚餐的人，即便是那个看起来10岁的活泼可爱的小男孩热情地凑到他的身旁，他还是全神贯注地盯着那条表链，表链在昏暗的灯光下折射出亮晶晶的光芒来。使女把炉台上其中一盏灯端了起来，带着这位客人往隔壁房间走去，为他的水壶加满了水，接着就离开了他的房间。这时，他独自陷入了沉思之中。

就在他刚踏出客厅的时候，老板对着他的后背狠狠地咒骂了一句，语调里充满了抱怨和鄙视，这个时候来的人，基本上就是流浪汉，这种人不仅吃您的，就连走了也不会记得把房租给交上的，要是他兴趣来了，说不定还会随手把床单也拿走。这种人只要是知道有什么好吃的好喝的就会直奔过来的。他老婆也帮腔道，他们还总是花言巧语地去巴结主人家。估计刚刚那位先生要么是生了什么病，要么就是心里怀揣着什么事情，才会拒绝吃东西的。

就在这个时候，那位先生又走了回来，跟他们询问，能否在雨后租借到一艘小船，好方便他点上松明去湖中钓鱼。这样的话，他宁愿多出一些钱。

老板娘偷偷地用胳膊顶了顶丈夫，她的意思是：看到没有！这家伙就是不正常，可千万顺着他的意。

　　老板一听到这位客人会出报酬，就急着答复他，只要这位先生愿意，那两条船他都可以租借。在这里，晚上一般不会有人钓鱼，不过，谁会阻挠一个会付钱的客人呢？只要他喜欢，怎么样都好。现在老板就能够叫人带着他去看看船只和渔网，还为他准备好松明。语音刚落，他就叫来了正在桌边吃着鱼头的年轻人，向年轻人打了个手势，然后自己亲自过去为这位令人好奇的先生去开门。

　　这场大雨还没有想要停下的意思，在屋前的房檐上哗哗作响。这个奇怪的客人似乎并不把这一切放在眼里，他只是漠不关心地迈着匆忙的步子往湖边走去。年轻的小伙子急急忙忙追上来，为他送来了一盏风灯。他接过风灯，认真地打量着那两只小船，他似乎在观察哪一只更为牢固。没多久，他们就走到木棚里，那些样式不一样的渔具都挂在木棚顶端的横梁上。他随意找了个理由就把那个年轻人给打发走了，独自一个人从湖边找来了几块大石头，然后将这些石头都放到了那条大船上。干完这些事情后，他终于长舒了一口气，像尊雕塑那般安静地站在倾盆大雨里，眸子直勾勾地望着那片绿得发黑的湖水，那儿就像是有着某种魔力，吸引着他。风灯的光线所及之处，能看到湖面上被急骤的雨鞭抽出了一条条深深的伤痕来。放肆的狂风，暂时停下了脚步，大地被黑色裹得严严实实的，湖里的波浪摇曳着两只船，泛着白色的水花扑打着船尖。就在这个时候，一阵哼哼唧唧、如同机械般的声音从那栋白色的房子里传了过来，那是老板娘在唱催眠曲，哄着小孩子睡觉呢。只是，这歌调听起来让人沮丧，这首歌里隐藏的那份母亲的喜悦之情不见了，留下的是母亲的担心和忧愁，如此一来，就为这个黑暗的角落又增添了一份孤寂与凄凉的气氛。

　　这位奇怪的客人正想回去时，突然间，他听见了从之前他路过的南面的那条大路上传来了一阵阵噼噼啪啪的马鞭声，还有转动着的马车轮子的咯吱声。不难想象，有一辆马车正碾压着那片堆满泥泞的车辙，费力地往这个山头赶来。顷刻间，那辆马车就绕开了屋角，在店门口停了下来。这时，过道里闪现了一阵亮光，同时响起了一阵女人问东问西的声音来，老板娘一直温和地回答着那些疑问。之后，从马车上下来了两个女人，手里捧着一个用白色的布包裹起来的东西，显得非常的仔细和小心，她们进了店。伙计帮马夫把马都牵到避雨的地方去。不一会儿，店里又恢复安静了。

　　之前的这些就像是一出皮影戏，在那位奇怪的客人眼前一晃而逝，这些还是没有提起他的兴趣来，更别说能够得到他的关心了。他又抬起头来，望了望乌云密布的天空，他想看看，这些乌云是否有散开的意愿。然后，他也进了店，凑巧的是，客厅对面的那间房里也点了灯，窗帘上晃动着忙碌的人影。他将风灯还给了那位年轻的伙计，要小伙子给他弄些钓钩、诱饵来，说完，他就回到自己的房间去了。

　　到了房里，他把放在桌子上的锡制的烛台上的蜡烛点燃，灯光摇摇晃晃的。他把窗户推开了，好让新鲜的空气进来。接着，他在窗边站了很久，凝望着那些冲洗着大地的屋檐水帘。一个破旧的瓶塞在地上的水洼中不停地跳跃着。天上的那片黑色的、死气沉沉的云朵就像一块巨大的石头，把所有的东西都给挡住了，视线所及，只有那个水洼，还有那个像条鱼似的旧瓶塞。另外能听到的，是从湖边峡口中飘过来的风声，这风声就像一头被困在牢笼里的野兽发出的撕心裂肺的吼叫声。当然，还有房子附近的那些树枝被狂风摇曳的声音，那些树木被雨鞭放肆地鞭打着，在放声地抽泣。像这样站在窗前，并不好玩，可是，这位奇怪的客人好像很享受这风雨之夜的悲曲。突然，一阵强烈的风把雨水刮到他的脸颊上，他这才离开窗边，走到房间的里面去。这里的墙面上没有一点装饰，他把手背在身后，面无表情地在房间里慢慢地来回走动着，就连眼神也是呆滞的，似乎可以看到一些东西，但又好像什么也看不到似的。最后，他把旅行袋里的笔和小本子掏了出来，就着这昏暗的烛光，写完了这封信：

　　在跟你说晚安前，卡尔，我还是一点也不想把眼睛闭上。就像 6 周前，我们再一次相遇的时候你跟我说的，我已经筋疲力尽了。唉，美中不足的是我们急急忙忙地就分开了，以至于，我还没有跟你讨教一下病理学第一章的内容，跟很多年以前我们习惯做的一样。不然的话，这个时候我还可以惬意地点上一支雪茄，而那只秃笔也就不会来招我跟你的厌恶了。可是，那个时候，我的两片薄嘴唇就像是被一根针线给紧紧地缝了起来。我心里琢磨着，我们之间极有可能会歇斯底里地大吵一架，还有，讨论来讨论去的，到最后还是没有办法统一意见，如此一来，我们也就没有必要去浪费那几个钟头的时间了。你的论点，我也十分清楚，如果，你也来了这里，那么，你会绞尽脑汁说服我像人们说的那样和生活和解。可是，倘若你认为我是因为自己所犯下的错误，才不得已跟生活闹得不可开交，毅然决然地断绝关系，这你就误会我了。我很开心可以继续活着，但是，那也得生活允许我继续活着。我可不是那种胆小鬼和穷奢极侈的人，被怒气冲天的命运轻轻地拍了几下，被冲击了几下后，就像一只被人到处追赶，漫无目的到处逃窜的老鼠，最后选择把这副臭皮囊丢掉。如果只是为了这些微不足道的事情，还有不少让人觉得难受的地方，那么有谁会立即就选择把所有的东西都扔下，去跟那些无法估计的力量卑躬屈膝呢？这些力量不会随着时间的流逝而消亡，哪怕这些深不可测的力量比我们想象中的还要没有目标、还要顽劣，而我们是有理智的人，因此我们必须要忍耐啊。可是，问题也恰好出在这。我无法确定，如果继续这样活着，我是否可以一直把这个清醒的人物扮演下去。从被毁灭的灵魂的暂时安宁之中，我无数次想要去解救那些孤立无援的理智，只可惜，没有一次能够成功。之前，我站在窗口的屋檐下面，看到那个破旧的瓶塞在水洼里被急雨抽打着，它在泥泞不堪的水洼里像个小丑似的，不停地跳跃着，我在心底情不自禁地燃起了一个新的念想，好像那个在跳跃的东西，就是我的脑髓，它为了接受大雨的洗礼，这才悄悄地从我那炙热的脑袋里逃了出来。我必须把这种不着边际的、荒谬的念想给扔掉，把这些不堪一击的浮想全都撕碎，我大概耗费了 15 分钟的样子，在你看来，这种需求还不是很大吧。但是，无论我将一个人对于他人要肩负的无私的义务幻想得怎样的高尚，得耐着性子去期盼我那颗冰封了的心再一次在充满活力的身体里复苏过来。在这以前，我看到的自己就像一具没有灵魂的躯壳，沦落得就像一头牲口，不仅仅让自己心惊胆战，更会让别人也毛骨悚然，而这，需要的就是一头令人怜悯的小绵羊那种麻木不仁的精神才可以。绵羊的义务就是等着屠宰的人去了结它的生命，就算是察觉到自己的大脑被一些虫子侵袭了，整个躯体早就已经病入膏肓了。

你看看，我又不记得了，这些话在你的耳朵里都是一些荒谬至极的疯话。其实你对我这段时间所经历的那些事的认识，只不过和大家都知道的差不多罢了：就在一年之前，我养父的女儿，也就是我的妹妹，永远地跟我们告别了。而今天，恰巧就是她离开我们的第一个周年。她走后没过几天，我的养父也随着她一起去了，屋漏偏逢连夜雨，不幸的是，就在今年春天，我的养母也去了天堂。你知道吗？这先后离开的三个人都是我的亲人，是我的整个家庭，我很爱他们，没错，他们是除了你以外，我在这个世界上仅有的亲人。在这短暂的时间里，他们一个接着一个地离开了我，这个打击对我而言是无法言说的沉重。不过，即便是他们在一秒钟之内，被雷电给掳走了，最后，我依然不会沉沦在痛苦里，我会克服自己的情绪，重新站起来，继续生活着。俗话说得好，任何人都是不可取代的，但是无人是不可缺少的。我的知识、工作、青春，这些东西都会为我抚慰伤口。可是啊，这些伤口至今还没有结痂，伤口处还有鲜血汩汩地往外流淌着，丝毫没有停下来的意思。要知道，假如我没有存活于这个世界的话，我的养父母和妹妹或许还会好好地活着！

如果想要你明白这些让人摸不着头脑的话，我想，我必须要从最初的事说起。

卡尔，你知道，自从我出生之后，就没有见过我的亲生父母。自从我生父去世后，我就被这对仁慈的夫妇给收养了，如果没有他们把我收留在他们家里的话，我想我可能会在孤儿院里吃不饱，也穿不暖的。养父收养我的时候，他就已经是城里最有名气的富商了。收养我的时候，我的养父母结婚8年，却还没有孩子。养父从我的身上看到了希望，他认为我可以给他和他的夫人还有那栋寂静的大房子带来快乐。只是，事与愿违，我的确喜欢这对仁慈的夫妇，可是，在刚开始的时候，却无视他们给予的关爱，没有给予他们应有的报答。在我还很小的时候，我就很孤僻，非常容易发脾气，因此很不讨人喜欢。很早就习惯了一个人安静地思考着，我可以连续好几天都不说一句话，然后，又会冷不防地开始又吵又闹。就这样，一次次重复着我的喜怒无常，这样的我真的很让人厌烦。不管别人怎么看待我，我的养父母却一如既往地疼惜我、关心我，他们想尽办法让我改掉这个坏毛病，而且，他们还刻意隐藏住我带给他们的失望，就连一个神色也不会让我察觉到。想到这里，我现在的内心也充满了愧疚！

没过多久事情发生了变化，这个家庭又多了一位新的成员。大概是我来到这个家里2年后吧，上帝终于赐予了我养父母一个可爱的孩子，这个小精灵的美丽、聪颖、温柔都是我所未曾见到过的。就在她到来的那一刻起，彻底地改变了这栋房子里的一切，就连空气都变得明亮了，连那个孤僻的我也变得善解人意起来了。我很喜欢这个小丫头，就像宠着我的小未婚妻那般宠爱着她。我总是会牵着她到处玩，紧紧地牵住她的小手，教她学习走路、教她学发音，总之因为跟她在一起，我可以把自己曾经最喜欢做的事情和学校的那群伙伴们都抛诸脑后。养父母也觉得，我似乎变了，跟以前完全不一样了。有了亲生女儿的他们，并没有把我当作一个多余的人，他们还是跟以前一样，对我很好，把我和妹妹当作是一对亲兄妹来看待，把他们的那份慈爱均匀地分配给我和妹妹。

这样的感情一直持续了很久，我跟小艾伦这份兄妹之情一直在上升，尤其是我们的性格有一些说不出的相同之处，在每天的接触中，这变得越来越清晰了。事实上，她同样不是一个温柔、谦和、能被驾驭的小女孩，她有着自己独特的思想，能够感染到别人，可以让母亲和未来的丈夫感受到一种轻松的愉悦感。有时候她能够手舞足蹈地发狂似的欢喜着，一不留神，她又会变得像一颗被冻得发蔫的白菜那般忧郁——不过，我说的是她这个年纪里应该有的小小忧郁。这时，一般会逃离那座跟小伙伴们嬉戏玩耍的花园，绷着脸偷偷地跑到我这个中学生的书房里来。她会跟我相视而坐，我们之间就隔了一座写字台，她会随手抓起一本书来读，无论抓到的是什么。还是在上中学时，我就喜欢上了自然科学这门学科，我想学着我的父亲那般，考上一所学医的大学，而这个念头已经占据了我的整个大脑。小艾伦每次跑过来，我都会让她欣赏我最近收集的新标本，或者，给她解说放在我床头的那具大猩猩的骨架，跟这个涉世未深的丫头片子说一些大人的故事。而她呢，会以她的任性和娇惯来影响我，要求我跟她一起给布偶烧饭，又或者是给布偶画点奇异的怪妆，乱涂上一些红色的东西，假装是得了猩红热，让我来扮演医生，来给它们看看病；再或者就是，在我们的小花园里种上我搜集回来的各种草药。事实上，我跟她在一起的时候，从未有过亲热。这一辈子，我就亲吻过她的小嘴一次而已，那是在我 19 岁那年，我要去上大学的时候。虽然我的心情无比沉重，可是，为了保持我那男子汉的尊严，我只能极力地控制着自己的情绪，用一副无所谓的样子去面对，我那慈祥的养母眼泪涟涟地抱着我的时候，我的喉咙莫名其妙地激动了起来。而那个时候，那个 8 岁的小女孩——艾伦正好也在场，她的小脸蛋上没有一丝血色，安静地站着。我把头转向了她，说了一句滑稽的话，装出一本正经的样子要求她成为我那些保存在樟脑还有酒精中的动物世界的女管家，吩咐她需要做什么，之后，才用手一把将她揽入怀里，与她吻别。可是，我才刚接触到她的嘴唇，就大吃了一惊，因为我马上就感觉到了她表现得似乎是被蛇给咬了，全身猛地一哆嗦，接着好像要晕过去一样的紧闭着双眼，身子往后挪去。不一会儿，她就恢复了过来。第二天，就用十足的孩子气的口吻给我写一封明朗而又欢快的信。除了这一次以外，我就没再吻过她的嘴唇，可是，那时它们已经如同冰块那般，而且永远都紧闭着。

之后的 6 年中，我辗转于各个大学，每当假期的时候，我才会回到家里暂住一小段儿。那个时候的思绪还有我的感受，要是如今说起来，都不知道该从哪里说起，因为，我认为，那段时间的生活比较单调。在我和妹妹之间出现了一点问题，比如说，陌生，而这种陌生的出现，基本上都是我引起的，因为我自顾着一头埋进医学之中，对于身边其他的事情越来越冷淡，甚至到了排斥的地步。这个古里古怪的小丫头见到了我，也变得不再喜欢多说些什么了，只是她的信里依旧保持着我们小时候的那种欢快的感觉，可是，她给我的信笺也变得少了。看上去，她正健康地成长着，跟大家希望的一样。才 14 岁，她已经出落成了一个丰满的少女模样，美中不足的是，她的体质有点屏弱。还记得我曾经给你看过她的小照片，那张相片和她本人的差别很大，以她的性格，换句话来说，那张相片把她显得更加的成熟，而这些，都是从她的气质和言行举止上体现出来的。她很文静，对外界本该属于她、能够吸引她的一些事物有着一定的抗拒，因此，她会给人一种难以亲近的感觉。可是，当她打算亲近某一个人的时候，她的脸颊上会浮现出一种微笑，如此温顺，如此腼腆，我实在无法用词语去形容了。能够读懂她全部价值的人屈指可数，能够知道她那颗纯洁无瑕、善良无邪的心的人也不多，更是很少有人知道，她那坚硬的外壳里的柔弱的内核。说起来，真的是可悲啊，我这个当哥哥的也不属于那了解她的少数人之中。

要知道，我醉心于医学，执着于探索那些生命体的谜团，对于了解一个少女那颗萌动的心的秘密，就没有多少心思了。事实上，你是知道的，即便我是一个感官敏锐的人，就像你知道的我也并不是一个循规蹈矩的君子。一双眼睛就生在我的头上，我能洞悉到这个花季少女与我之前交往的那些女友相比较，就如同一位年轻的女王与一班粗鄙的丫鬟相比，可是我做梦也想不到，我也会爱上艾伦。当我们分开后，我也没有过多地去想她。我寄回家的信，也是问候母亲的，长此以往，母亲都不得不提醒我，我是不是也该给艾伦写点什么啊。不善言辞的她，依旧保持着那种缄默，只是把所有的难过都埋在心底。有一次，我甚至忘了问候她，听说，她为此哭了一整夜。

我得知以后，就急着跟她道歉，以半开玩笑半认真的方式给她写了一封信，告诉她，我会改掉这个坏毛病，我非常谴责自己不该如此冷落亲爱的小妹妹，这样的态度太不像话了。我想让她明白，我这个整天沉醉于医学中，时时刻刻与骨骼和标本为伍的坏人，居然自私地让自己的那颗心变成了一颗比石头还坚硬的模型，不管怎样都不值得她去关怀和留恋的。可是，她给我的回复就别提有多么温情，多么动人了。以后，我们的兄妹感情又恢复了，至少在表面上可以这样说。

她那个时候才14岁。就在她15岁生日那天，正好是我考取医生资格的时候，所以，我们给彼此都发了一封祝贺的电报。之后，我同你就一起在外面旅行了一年，你应该还没有忘记，那阵子，我收到的那些家书让我隐隐感到一种不安。母亲来信说，艾伦那阵子精神萎靡。她虽然没有说清是哪里不舒服，却不难看出，她病了，就连老家庭医生看过她后也束手无策，只有摇头。

那个年迈的老者对于我而言，并不陌生。他是医学界老一辈的专家了，他一点也不相信听诊器所给出的信息。当然，他行医多年，有着丰富的诊断阅历，他给病人诊断的时候极其的细致、用心，开出的处方也很稳重，因此，他在医学界享有很高的美誉。想到这里，我的心就开始不安起来了。再加上，在养父母的眼里，我一直被视为当今世上最了不起的天才医生，他们非常希望我能够立即回到他们身边去，这样一来就可以与老医生一起给艾伦会诊了。所以，就像你了解的那样，我立即终止了在巴黎的考察项目，匆忙赶回家去，看看到底是什么情况。

我才一进门，正好跟艾伦迎面碰上，她慢慢地向我走来，她的脸上红润而又有光泽。我在那个瞬间懵了一下，让我几乎有点开玩笑地说，莫非不远万里地将一位年轻有为的医学家召唤来，就是为了诊治这种严重的患者吗？可怜的姑娘啊！她是看到我因她而抛下所有，居然兴高采烈地就像一个没病人似的。不一会儿，我就知道了那位德高望重的老医生之所以会束手无策的原因。他很坦率地跟我说，艾伦患了肺结核，只是，我无论如何都无法接受这个诊断。我又反反复复、仔仔细细地对艾伦做了一个诊断后，发现她的肺部很正常。可是，我却意外地发现了她的心率不稳定，比正常人的速度要混乱，所以，我越来越相信自己的诊断，艾伦所有的毛病都是因为她的血液循环系统还有神经系统失调所引起的。而老医生认为，艾伦需要静养，对于那些有刺激性的药物都禁服，我觉得这个治疗方案并不可取，我坚定自己的诊断，想把贫血治好，就得给病人制定一个增加营养、喝点葡萄酒、多吃一些含铁丰富的食物，艾伦千万不可服用老医生开的那种乳清，那样会加重她的病情的。养父母则毫不犹豫地赞成我的意见，况且，我回来后，给艾伦治疗的前几个星期，效果都还不错，好像也用事实证明了我的判断没有错。就连艾伦也觉得自己比之前都要精神很多，力气也有了，睡眠的质量也好了，进食也不再困难了。从那以后，老医生就很自觉地站到了一边，他的脸上愁云惨淡，又带着点羞愧。我第一次在家乡赢得了最初的名誉，我自己也洋洋得意，感觉我是全家的救世主。

　　事实上，起初我并没有打算在家乡停留太久。我认为自己还要继续学习更多的东西，必须选择一个条件更好的都市。所以，我将后续的治疗事宜都交托给了当地的另一位医生，他是个非常温顺而又毫无主见的人。与之相比较，我们是年轻的同行，可我见多识广，他这个小城镇上的医生对我的治疗方案没有说一个不字，他只是唯唯诺诺地答应着，会谨记目前的治疗方案，并且会将所有的治疗的最新情况向我汇报。我即将要启程的时候，我的养父母倒是非常舍不得，可是考虑到我将来的幸福和事业，他们不得不放手让我走。艾伦倒也不逼我留下，反而催促着我早点起程。她告诉我，她已经占用了我很长的时间，而且，她正在逐渐地恢复中，现在她的那颗心安定了下来，不管是谁都别想要她接受其他的治疗方式，只有我说什么是好的，什么才是好的。

　　她微笑着跟我挥手告别的情景，常常浮现在我的眼前，卡尔！她当时强忍着泪水，没有说出一句话来。而这个场景，是我这一辈子最后一次看到她那纯美的笑容！

我神情恍惚地离开了家，一到M城便将所有的精力都投入到工作中去了，所以，我只会关心那些报告里的好消息。当然，艾伦的来信也是我最关注的，那些信的日期都连在一起，就像日记似的有条不紊，见到这种情形，更加让我安心地睡个好觉了，于是把母亲从文字中透露给我的疑惑和焦虑，理解成了母亲因过度担忧所引起的神经性过敏。替我治疗艾伦的那位同行，他自知在专业及学识上不及我，对我很尊崇，他把所有病症"隐患"都做了顺从于我的诊断的解释，以至于我愈加飘飘然不知所以然，仿佛让我置身于一片粉红色的仙境之中，直到突然间被整个黑夜罩住。

　　就在最后几个星期，从她的信里可以看出她已经情绪低落，突然间，就没有了她的来信。就在我离开家半年左右的样子，医生寄来了一封信，他在信上说，想请我再回去给艾伦看看。这些日子以来，她的病情突然间恶化了起来，他也束手无策，老办法看来是行不通了。我的父母亲也寄来了一封让我立即回家的信。

　　可是，我还是犹豫不决，当然，我这样不是因为一些鸡毛蒜皮的小事，而是我手头上现在正有几名在生死边缘挣扎的病人。我还没有下定决心的时候，母亲发过来的一封加急的电报，吓得我赶紧往家里赶去。母亲说，她开始咯血了，如果这时我还不赶回去，那么，很有可能就再也见不到活着的她了。

　　午夜时分我才进家门，现在我感觉自己就像是一个药石无灵的患者。要知道，在那段漫长得让我焦虑的旅途里，我才幡然醒悟过来，正如之前果断地查出病因来，据理力争自己的诊断是毫无疑问的那般，此刻，我也找到很多反驳之前判断的"论据"，现实让我不得不承认，因为我的狂傲，是我，我，我必须得对她这个宝贵的生命负责。

我无法承受此刻的悲伤，跌跌撞撞地顺着这熟悉的楼梯扶手往上爬去。母亲迎面走了上来，没有泪水的眼睛里被茫然填满，刚看到我就说："你来得太晚了！"这话，带给我的除了悲伤，却还给我带来一种解脱。因为就像杀人凶手不敢看受害人临死前那散乱的眼神一样，我怕看到我那可怜的妹妹的双眸。

但是更加让人害怕的是她那张宁静的脸，这脸被枕头捧了起来，没有丝毫的怨恨，只剩下那死寂的宁静，带着微笑，更是让我不寒而栗。谁都没有斥责过我。他们还是跟以前一样，那么相信我，他们认为妹妹的离世是一次偶然事故。而我，却在一旁歇斯底里地抱怨着自己，内疚和憎恶就像两条皮鞭那般肆意地抽打着我的心。就在这个时候，父亲忽然间跑了进来，抱着我，把头埋进了我的胸膛，他没有任何力气站立起来，他失声地恸哭起来，就连楼下的路人也能听到他那无助的哀号声。然后，那些从小就把艾伦当作小公主来宠爱的老用人也开始哭了起来，母亲也哭了，她似乎像变了一个人似的——那个时候的点点滴滴，即便是今日想起，我还是心有余悸！

母亲叫人给我拿些酒上来，想要我们一起为了艾伦的健康干上一杯。"听说亲爱的上帝也是默许的。"她说。但是酒刚端上来，就被父亲一把抢了过去，用力地把酒杯往墙上摔，大声嚷嚷着："碎啦——没啦！碎啦——没啦！……"他就这样，反复说了很多遍，后来，泪水和抽泣声代替了这些。最后，母亲不得已才将他带了出去，把我和妹妹的遗体单独留在了房间里。

那天晚上的具体情况，我就不详细写了。事实上，在我对她的遗体检查完毕后，深信不疑地肯定，那位医学界的老医生的话是卓有远见的。如果按照他的方法治疗，这样的不幸是可以避免的。可是，谁又能够在弄清风向和在燃烧物之前，就能够果断地判断出火灾到底能不能被扑灭呢？然而我，我就是那个往火上浇油的凶手，是我帮助大火吞噬了这无辜的生命！

你可以想象，我整夜未眠。次日的清晨，我发了高烧，内心痛苦得好像被刀子割了似的，可我还是神情呆滞地坐在妹妹的遗体旁边。这时，门突然间被打开了，母亲进来了。好像妹妹离去的痛苦已经过去了，她还是那样的和蔼仁厚。她热泪盈眶地抱住了我，我的眼泪也跟着她开始泛滥起来。

"亲爱的孩子，"她对我说，"这个小包，是我在她写字台上给你拿来的。你瞧，还有你的名字。"

包里装着的是妹妹的日记，从她满12周岁开始一直到她生命结束的前几天，这本日记里的每一页都写了我的名字，最后一页写的是：

"亲爱的，我能感觉到，我就快不行了。然而，我的心别无遗憾。今生除了能与你相识、相爱以外，我对生活还会有什么眷恋和期待呢？我没有什么愿望了，我只是想让你明白，此生，我是为了你和因为你而活的！"

这居然是她留给我这个杀害她的人的遗言！

随着妹妹的离去，接下来，父亲去世了。可怜的母亲在最后的日子里一直是与遗憾和悲伤做伴，直到去与她的爱女做伴。这一切显得十分悲伤，但是已经变得麻木不仁了。我的心早已是黑漆漆的一片，哪里还会在乎另一颗火种熄灭呢？这段凄惨的回忆深深地刻在我的心里，不可能被遗忘，更不会被克服，那一刻，我就知道我此生再也不会有快乐的希望了。我竭尽全力地说服自己，我的本意是善良的，我们做医生的，谁都会面临这种差错，这是无法避免的，而人需要的是为自己的行为和动机负责。可是话虽如此,这三条人命加在我的良心上的重负会减轻些吗?我就可以在什么时候可以获得自己的原谅吗?可就算是上帝和法官都站在我这边庇护我,也无法消除我内心的悔恨和深重的罪孽!我,是我,是我让恩人失去了生活中唯一的真正的快乐,他们那么相信我,而我却辜负了他们的信任!我还有什么资格要求任何患者再把生命交付给我呢?我可是已经将那个我这一生中最最珍贵的生命葬送了的啊!

　　卡尔,我心里很清楚,你将如何来说服我。你时常提醒我,我的心肠柔软,不适合当一名医生。你说过,无论哪个要求我们去想办法和诊治的病人心里都非常清楚,我们不是上帝,无法未卜先知,话虽然是这么说,可是我们还是没有放弃冒险。想要做一名优秀的医生,就必须能够最大限度地掌控好自己的情绪,不能让那些我们尽了人事,但是回天乏术的事造成的悔恨,阻碍我们完成未来任务的决心。你知道,我在你面前从来不掩饰,你说的这些话的确有道理。现在,我却成了一个精通医术的患者,因此,我给自己的诊断结论是:病入膏肓,无药可救。

　　最初的呆滞状态过去之后,我马上告诉自己,无论怎样,我都只能默默地承担,既然我已经不可能成为医学界的大师了,那么,当一名不错的助手还是可以的。所以,我把大部分精力都花在了医学的理论研究上,开始找寻一些有用的资料,解剖尸体、观察患者。如果我没有过那些经历,也可能真的会钻研出个什么东来。但就在这个时候,我的心却动荡不安起来,这种不安是对一直在真理周围徘徊摸索的憎恶。你想想看,如果一位将军统领着一场关乎整个王朝生死的战争失败了,而零零碎碎的小战争还在继续,他又怎么可能有心情蹲在一处安静的图书馆里去研究自己的策略和战术呢?

　　我曾经安慰自己，也许时间可以把我的病给治好，但是随着时间的推移，不管怎样还能让我继续活着吧，即便是我的生命里将永远没有阳光。于是，我漫无目的地像个行尸走肉似的穿梭在各个城市里，却意外地收获到了最朴实、最枯燥的真理，那就是布景无数次更换，也无法使悲剧变为喜剧! 只有那么一次，我看上去又被蛊惑着重操旧业，眼前的生活好像又恢复了生的希望。那是在从马赛开向热那亚的那艘大船上。船只已经驶出了海湾，突然间，船长的脸色变了，慌忙地跑到甲板上去，询问旅客当中有没有谁是医生。一位妇人突然得了急性病症，疼痛得在自己的小房间里打滚，那个时候，我刚好躺下睡觉，准备不再理会这些，但是那位妇人痛苦的呻吟声穿过了墙壁，实在让人心烦意乱，我无法再继续忍受了，这才请船长给我带路。最后，我只是用了船上备用药箱里的几种药，就替她减轻了病痛的折磨。也正是因为如此，那位患病的妇人把我当作了救命草，用那种……一半西班牙语和一半法语的语音苦苦地哀求着我，非得逼着我待在她卧舱里的小沙发上，无奈之下，我只好应允，她慢慢地进入了梦乡，可我却一夜难眠。我瞪着眼睛透过圆形的舷窗望着那片被皎洁的月色笼罩着的海面，最后我的双眼也变得疲倦不堪起来。猝不及防地，我感到有一只冰凉的手摸了一下我的眼睛，我大吃一惊，以为是船下涡轮把浪花溅了上来，凑巧打在了我的眼睛上，可是仔细一瞧，却被眼前的这一幕吓得目瞪口呆，原来站在我面前的居然是——已经死去的艾伦! 此刻的她，就像我最后见到她躺在灵柩中的样子，只是她的双眼睁得大大的，死死地盯着我。她举起那根苍白的食指放在嘴前，好像在示意我说:不要跟任何人说她来过。然后，她走到那个陌生的女患者的床边，撩开了绿绸幔帐，瞧了瞧那个熟睡中的女人，然后幽幽地点了点头，脸上带着几分悲凉。从她那双严肃的双眸中，我似乎看到了她对我的责怪，她怪我不应该多管闲事，去搭救一个毫不相干的女人，应该让她死去的。最后，她疲惫不堪地在床边蹲着，没多久，她缓缓地对着我点了三下头，似乎，在跟我说再见，然后，她就化成了一缕白色的轻烟，从舷窗飘了出去。

那一晚之后，我就再也没有在任何一张病床旁边坐过了。

卡尔，你知道的，我不是一个喜欢幻想的人，我跟你一样，是个无神论者。我认为这一切都是错觉，是我自己的神经过于兴奋造成的。可是，这也无法改变些什么，这是我自己的感官在吓唬我自己而已，难道我内心的煎熬会得到缓解吗？要知道一个自己都跟自己过不去的人，又怎么可能会得到一片安宁和希望呢？一个人如果没有了希望，让他怎么继续活下去呢？

在人生的盛宴上，我只是一个多余的客人而已。所以，我拿定主意，只跟你一个人告别，然后我就会悄无声息地离开。如今在这个世界上，即便是一只狗也不会再需要我了，更何况是人呢。像我这样只为自己而活，却无法带来任何欢乐的人，恐怕也只有那些放浪不羁的、神经不健全的个人主义者才可以接受得了。朋友，理解一下我吧！你偶尔也是会想念我的，这一点我很清楚，我的离去总比有朝一日你在精神病院见到我，我穿着紧身衣，在高度压迫下独自胡说八道要更好一些吧！

好吧，就写到这里，这是我写给你的最后一封信了，你也别见怪它太长了。我会将信封上的火漆打好，这也是我不得不做的一件事，或许，这也是我觉得最好的一件事了。我来到这家渔民开办的小旅店，他们以为我是一个患了精神病的英国人，居然会想在午夜时分，举着一个火把就去钓鱼。明天一大早，这只小船会漂浮在湖面上，店家和伙计会说，这个家伙是在自掘坟墓，大晚上的出去钓鱼，打个盹儿也会掉进湖里。上帝保佑，如果所有那些认识我的朋友也会这么想就好了。

好吧，晚安！在那片湖底长睡不醒，对我而言有着一种好奇心吸引着我，我想可以再去那儿学到点什么。可是啊，我不能将自己的感想告诉你，正如我们在一起学习的那样。就算"在长眠的时候，我们还可以梦到点什么吧"，如果已经去世的人还能够体验，我倒是很想去尝试一下。其他的什么，我都觉得无所谓。半年前，我就把遗嘱交到法院去了，我委托你做它的全权执行人。卡尔，别了！对你，我有着千言万语想要感谢的话，为你对我的善意、忠诚和友谊。就此搁笔吧。

你的艾伯哈特

他直接把信纸放进了信封里，用火漆封好，把地址写上。然后，他又目不转睛地望着窗外的那片漆黑，屋外的那阵暴风雨逐渐变得缓和起来。他取出一只雪茄点上，又在屋子里来来回回地踱步，他抬起头来，看着那块触手可及的天花板，长脚蜘蛛匆匆爬过。他对着那些蜘蛛的后背吐了一口浓密的烟雾，想看看它们会怎么做。可是，没过多久，他又变得不耐烦了，疲惫地盯着周围的白石灰墙看着。

此时，从隔壁的客厅里传来了一阵吵闹声。他听到，除了老板和伙计之外的另一个男人的粗嗓门，好像在歇斯底里地抱怨别人对他的要求太过分了。那些女人，平时会因为那个小家伙打一个喷嚏就哭哭啼啼，他大声地说着，她们对他的爱驹漠不关心。那几匹可怜的马已经持续工作了 7 个钟头了，在这样恶劣的天气下，它们几乎都是在爬山，真是活见鬼，好不容易休息了，居然还要将它们从马厩中拉出来，继续连夜奔袭 5 个小时，就连它们的死活都不顾了，这些女人就是没心没肺的东西！即便她们现在出一百克隆塔勒给他，他也绝不会去做伤害爱驹的事。再说，这些马都得原模原样地交回去，他自己也累了这么久了，宁愿好好休息一下，也不想在半路上摔断胳膊腿什么的，或者掉进水坑里淹死。

一个有些胆怯的女人的声音总是想打断他，想求他答应，可是这时，这个女声居然消失了，那个男人又是一顿乱骂，还用拳头重重地砸到了桌子上去。接着老板也搭腔说，支持车夫说的，然后吩咐伙计赶紧去地窖给他拿些啤酒来。接着，他们就继续聊了起来。车夫不断地谩骂那条烂透了的路，这条道让他的马及马车的损耗都太大了。老板也跟着起哄，为他抱不平，随口问车夫，这两位太太为什么要走这条路。车夫说，那条连接驿站的大路塌方了，在 24 个小时以内都无法通行，但是他的雇主没有像其他的旅客那样等待，宁愿冒着摔死的危险越过老山口，就是为了那个一直哭哭啼啼的孩子，因急着赶路，所以不愿意多等 1 分钟。他们聊得正起劲，门又被推开了，顿时，屋子里鸦雀无声。他们俩都哑巴了，一个妇人开了口，她的嗓音悦耳，语调婉转动听，这两个山野村夫直接被这声音镇住了，至少她一再请求车夫套车时，车夫还是很客气地回答说那不可以，但他同时仔细地陈述了一遍原因，之前的谩骂和粗鲁都消失得无影无踪了。他的理由也得到了妇人的认同。妇人顿了顿问道，有谁愿意给她送信，她会给丰厚的报酬，他们需要一位医生，如果没有医生的诊治，孩子极有可能熬不过今夜了。说着说着，她的声音就开始颤抖起来了，而这声音也触动了隔壁那个不经意间在听着的人的心弦。他马上走到窗户边，想让淅淅沥沥的雨声遮住那个妇人的话。这时，对面湖上的那片云层刚好被拨开了，一弯新月洒下了一片银白色的光辉，在夜里突然安静的片刻，客厅里的话听得清清楚楚。老板叫来了伙计，问他愿不愿意跑一趟，去镇上请一位医生来。伙计说看在夫人给的报酬的份上就答应了，他才不管那3个钟头的路有多难走呢。可是……问题是，就在今天，猎人汉斯跟他说过，塞普大腿上的子弹得延后8天才可以取出来，医生他自己也生病了。他骑马的时候摔倒了，是一个不通医术的理发师为他治伤的，而且大家都知道，那个理发师就是个酒鬼。屋子又陷入了沉默。那位妇人痛苦地问道，可不可以用担架把孩子抬到医生那里去，只需要找三个男人，她可以跟大家一起抬，再有一个人为他们提着马灯引路就好了。

老板说，这样不行啊。第一，他们没有让孩子舒服躺着的担架；第二，他们店里还有客人，他们不能全都走了。但是，他可以跟老板娘合计一下。

老板极不情愿地从长凳上起身，准备离开火铺的时候，老板娘冲了进来，哭丧着脸说，女佣请夫人快点过去，路是赶不了，她怀里的孩子已经奄奄一息了。

隔壁房间的那个人又从窗户那走了回来。感觉受到了一种神秘力量的控制一样，几个大步跨到门口，又在那停了下来，一边摇头一边叹着气。他用尽全力说服自己不能多管闲事，要待在自己的房间里继续踱步，但是每走一步就侧耳仔细留意着隔壁的情况。雪茄已经灭了，他走到灯旁，想再次点燃它，一不小心，他呼出的气居然把那盏灯给吹灭了。就这样，他被黑暗包围了，只能呆呆地望着那条就要完全熄灭的灯芯，身体不自觉地打了一个冷战。片刻后，那个小红点也失去了颜色。可能，隔壁房间，所有的一切也是由一口气来决定的吧。一条燃烧着生命的火焰即将被黑暗吞噬，这可比一支蜡烛的熄灭要严重得多。

吞没就吞没吧，我又有什么权利去管这件事呢？我心里想的是要帮助它重新燃烧起来的，但是也很有可能会弄巧成拙，加快了熄灭的速度。换句话说，活得是长还是短，这很重要吗？说不定那个深受病痛折磨的小家伙从没想过要降临在这个世上呢，也许有一天，她也会以信件的方式跟自己唯一的好友作别，但绝没有准备再见！

他又开始附耳倾听，压抑住自己的呼吸，生怕自己会错过那边传来的任何一句话。忽然间，他似乎听到了孩童稚嫩的哭泣声；然后是那位温柔的妇人哄孩子的声音也传了过来；最后，一声悲伤的声音划破了天际后，只留下一片死亡的宁静。

那所黑漆漆的房子再也困不住他那颗按捺不住的心了。他什么也不去想，唯一想知道的是，情况究竟怎样了。他认为自己真不像是人，这家店里所有的人，甚至包括那个粗野的人都表示愿意帮忙的情况下，他居然在这个关键时刻躲在角落里偷闲。此时他忙一把推开门，在黑暗里摸索着到了隔壁的走廊上，空旷的客厅被他扔在了背后。隔壁的房门只是虚掩着，一束光线穿过了门隙，他听到了孩子的呻吟和母亲的叹息声。老板娘建议道，她或许需要煮一些热茶，出一身汗。热茶，这时候上哪里找去啊！对了，隔壁盒子里的那些接骨木花也是茶叶啊，老板立即补充道。接着，死寂的宁静又弥漫开来了。此时，只能听到保姆跪在屋角小声地向上帝祷告着，一遍遍地念叨着："我们的上帝"，叹息声也跟着层出不穷。

"给她加一床鸭绒芯被子吧，她准是被冻着了。看，她的双手向四周抓着，是冻到了呐。"车夫开口说

伙计守在火铺旁张罗着，正蹲下想捡起一块大木材，往这团妖娆得像一朵玫瑰花似的火焰里扔去。忽然间，他的肩似乎被一只手用力地捏住了，不准他把柴添进去。伙计抬起头，就看到那位古怪的客人站在身后。

"您不能再加柴火了。"他的口气中带着一份习以为常的命令说道，"你们、你，还有你，全都给我出去。"接着，他告诉那几个站着没事干的人，"屋子里的空气不好，即便是没有生病的人也会被闷死的。全部出去！"

一时间大家伙都不知道该怎么办了，屋里只有那个担心的母亲和保姆还不知道怎么回事。那位母亲跪在床边，一把搂住了忍受着病痛折磨的孩子，生怕会被土匪给抢走。保姆就在她身边站着，目不转睛地望着那孩子游离不定的双眼，还有孩子不时发出的轻轻的呻吟声。她的小嘴唇烧得通红，脸上堆满了陷入绝望的表情。古怪的客人走过去，用手摸了摸孩子发烫的额头、太阳穴，紧握住那只瘦小的手腕把脉时，保姆被惊到了，如同见到了死神现形了那般。她无法控制住自己的情绪，失声地叫了起来，叫声也惊醒了魂不附体的母亲。妇人抬起头，看着这个陌生人，脸上突然间闪现出惊喜的希望之光。

"太太，"古怪的客人说，"您会相信我这个陌生人吗？我也不敢

保证我就一定能够治好这个孩子，当然，我是学医的，了解此时此刻该做点什么。"

妇人一时间说不出话来。在这时出现救命稻草，让她一下子不知道该怎么办了。

"请您拿着，"他把名片从钱包里拿了出来，递给她说，"或许，我并不出名，可是，这个头衔能说明，以前也有别人信赖过我。至于他们是否做得对，却不是今天要思考的问题了。"

妇人仍然跪在那里，对着陌生人伸出那只没有枕着孩子后脑勺的手说："我信，您大概就是上帝派来拯救我孩子的人吧。我相信您。"

"赶紧，让人打一些清凉的井水来，还有，再拿一个木桶来。剩下的就交给我。"

他边说边推开那两扇非常低矮的窗户，抽走了孩子身上那床厚重的鸭绒被，换上了一件大斗篷，随后把伙计叫了进去。这时，伙计和其他人都站在走廊里，叽叽歪歪地说着这个蛮横的闲事佬。

他问伙计，能不能弄到雪或者冰。

冰，这个是有的，伙计小声地答道，只是需要穿过那片森林，走30分钟的山路就能到那个山洞跟前。那里常年晒不到太阳，所以冰雪终年不化。天一亮，他愿意去看看。

"您听着，"医生说，"这两块银圆我就放在桌上。现在是9点30分钟。月亮都出来了，雨也小了很多。10点半之前，谁可以给我弄一些冰或者雪来，桌上的两块银圆就是谁的了。明早，即便是他能给我弄来一座冰山，也得不到我的半个银毫子。"

"那行。"伙计笑了一声，话还没落音就飞快地跑了出去。

保姆把清凉的井水和木桶拿了进来。医生迅速地把孩子抱了起来，用最快的速度为她脱去衣服，之后，让她母亲照顾，并用冰凉的井水擦拭她的全身。然后，又快速地擦干水迹，再放回到床上去，在她滚烫的前额上敷了一条湿毛巾。之前还在他怀里哭着叫着的孩子，应该是感觉到了井水的冰镇，知道冷水澡对自己有好处，脸上流露出感激的神色。她的目光不再游离不定了，刹那间安静而又好奇地看着母亲，最后还深呼吸了一下，就合上了双眼。

保姆痛苦地大叫起来："死啦！我就知道，用这冷水，还把窗户打开，夫人，您怎么可以啊！"

"你给我闭嘴！"医生怒斥道，"再叫就让你出去！太太，我想，"他的语调柔软了起来"您不要对我抱太大的希望，救治不是一夜就能立竿见影的事。这孩子是得了神经炎，已经非常严重，我能够做的，就是要避免脑髓被感染。希望您不要因为她有一点反应就激动不已。以我来看，现在病情已经得到了控制。您看，她的眼睛不是又睁开了吗？她知道，有人来帮助她了。她多大了？"

"在几个礼拜之前，刚满 7 岁。"

"真是个美丽的小姑娘！长得不错！为了她，您一定吃了不少苦吧！"

那位焦急的母亲突然间哭了。女儿的手伸在了斗篷外面，她把脸靠在了她发烫的小手上。一连多日的惶恐不安以及刚刚痛苦难熬的几个小时，现下都化成了两行眼泪，像泉水那般往外痛痛快快地涌着。

最后，她坐起身，双眼闪烁着希望的光芒，坐到床边的那把医生推过来的扶手椅上。医生自己也拿过一把椅子，坐在床边，严肃地望着那个小女孩的脸蛋。他们谁都没说话，那个保姆心中一阵愧疚，来来回回地忙着，每隔几分钟就给她换一次打湿的毛巾。屋外面也恢复了原有的安静，晚风吹走了夜幕上的最后几朵乌云，皎洁的月光倾斜地穿过了窗户，温柔地安抚着妇人那双修长、纤细的手，她不停地轻轻地按着女儿的手。暴雨灌满了小溪，都溢了出来，缓缓地从屋子前跑过，屋檐上的水珠滴落下来，演奏出一些单调乏味的曲调来。车夫在屋后的马厩里喂马，嘴里还哼着小曲。

小女孩突然坐起了身子，把眼睛睁得大大的望着医生问："他是我的爸爸吗？爸爸没有上天堂吗？妈妈，我要亲亲他。呵呵，他送了什么礼物给我呢？我要他抱抱我，奇怪了，索菲去哪里了？上帝啊，我的头……我要爸爸抱着我的头——水，水！"

她就这么说着，那蓄满了金色头发的小脑袋又栽倒在了枕头上，疼得她不得不闭上双眼。

艾伯哈特起身，端了一杯凉开水到那饥渴的唇边。

那小女孩说："爸爸，谢谢您！"随后又过了一会儿安静的时光，女孩的紫红色双唇只展开了一丝的缝隙，还在不停地抽动着，不难看出，她还在遭受着病痛的折磨。

"我必须要跟您说一下，"夫人把脸又转向了医生说，"上帝呀，我的女儿是多么的可怜，居然说着这样离谱的混话。这一切都是天意，都是我的错呀，这场灾难都是我一手酿成的。我的丈夫是位奥地利的军官，我们新婚不久的几个月后，他听从调遣参加了意大利的那场战事。没过多久，就从科尔费利传来了噩耗，他成为那场战争的第一批英烈，永远地沉睡在那片土地上了。自那次以后，我就爱上了去那里旅行，即便是我踏遍那块土地，也看不到我丈夫长眠的那个小土包。但是，我只要能够呼吸到他逝去之地的空气，也是好的。

这个小丫头也跟我说要去那里，时光飞逝，她也逐渐长大了，也可以听懂我告诉她关于她父亲牺牲的一些事情了，因此，她更加向往去那里。造化弄人啊，我们总被这样或那样的事情给耽搁了，还有，我非常不放心的是，她的心思太细腻、敏感而心灵又那么软弱，去那儿会让她苦不堪言的。您看，现在我就自食恶果，最终都是因我无法控制住自己对丈夫的相思之情而起。医生，您当时不在，我在公墓的纪念塔边给她描述那位年迈的伤残军人的叙述内容时，她可是全神贯注地在聆听啊，追根溯源地询问着，小脸蛋就像一朵绯红玫瑰花似的，双眸发亮——她似乎不仅仅是个 7 岁孩子！我们离开的时候，天气突然变冷了，当天晚上她就开始大叫头疼，整夜都无法入睡。之前，她误以为您是……可能，我不那么着急往回赶就不会这么严重了。是我不好，我不相信意大利的医生，但是也没想到，情况会这么危急。我在车里盘算着，我们离开铁路线后，还是包一辆马车比较好——至少我女儿可以在那上面像回到家里一样睡上一觉的。再者，天气没有那么恶劣了，她也吵着闹着要回家。之后，刚好在那段最艰难的路上走着，遇到了猝不及防的冷空气，能够在这家店里住宿，多亏得到了上帝的引导。如果没有得到您仗义相助的话，我无法想象自己要怎样去承受！"

她把脸背过去，想要逃避那个神色忧郁却又一言不发的人的直视，擦干了眼眶边的泪花。然后，他们两个又呆呆地、安静地坐着。他对这对母女充满了好奇，他非常期待这位妇人能够继续往下说。她的声音似乎有一种魔力，能够让他感受到一种快乐和慰藉，只要能够听着，他那满是伤口的灵魂好像被一只温柔的手抚摸着。但是事与愿违，她又沉醉于照看自己的女儿了，可他呢，没有什么好跟她说的。这时，他通过这昏黄的烛光还有那浅淡的月光，仔细地望着她的脸庞。她的额头很高，眼睛里蓄满了高雅、哀伤还有温柔，而这些，都情不自禁地激起了他心底对养母的回忆，她也有着一样的温柔，曾一次次地关怀过他。这位少妇丰满却不显胖，长长的脖子，头部的任何一个动作都不失优美。她的头发就像一泉深黄色的瀑布那般披散在肩上。她的举止优雅，谈吐温婉，这足以证明，她是一位过惯了高贵优雅生活的贵妇。不过，厄运突然降临到她最珍爱的瑰宝身上，于是她生活里的所有的美好的东西都失去了意义。

此时，房门悄无声息地被推开了，伙计把一大桶冰块搬了进来，腾出一只手来擦擦前额的汗珠。他骄傲地看了看怀表：比他规定的时间提前了 10 分钟回来。然后，伙计毫无顾忌地拿走了赏钱，装进自己的口袋里，恭恭敬敬地问，是否还有什么事情需要他效劳的。

医生要他回去睡觉，并从自己的旅行袋的内衬中扯下一块蜡布，然后制成了一个简易的冰袋，教保姆怎样把冰敷在女孩的头部。

"不行，"少妇说，"现在，约瑟芬，您还是去睡一会儿吧，您已经忙了 36 小时不曾合眼了。"

"可是……夫人，您睡了吗？"保姆争辩着说，"我还可以继续照顾小姐。我已经坐了一小会儿了，您还是先休息一下吧。"

"好了，您得听我的。"少妇说，"我心里清楚得很，就算是我睡下了，也起不到多大的作用。如果，晚上安静的话，或许明早可以小睡一会儿呢。"

"太太，请让我为您把把脉！"这时，医生说道。

之后，他一言不发地走了出去。那对主仆惊愕地看着他那远去的背影。保姆是位年纪较大的胖女人，大饼似的脸上凹凸不平，这是得了天花康复后遗留下的痘印，一双黑色的眼睛里充满了和善。但是她不忍心放过这样好的机会，与之前那种反对完全不一样，此刻又唱起了那位素未谋面的仗义的医生的赞歌来。

"他跟一般人不一样，"她说，"看起来病怏怏的，但看他的眼神就知道他人不坏，是个不错的人。看到他为小姐做着这些琐碎的事情，还有他托起小姐脑袋的样子，就像一位经验丰富的女佣。事实上，他就是一位年轻、俊俏的先生，他脸上偶尔会布满阴霾，坐在一旁就像从出生到现在都不会笑似的。当然，他也会把眼睛闭起来，似乎心口在绞着痛，又不愿意被人知道那般。"

她的话还没有说完，被她说的人就进来了。他端来了一杯牛奶，如同给一个孩子递药一样递给夫人。

"太太，您喝点吧。"他说，"这是刚刚挤出来的，对您的身体有好处，要知道您想继续照顾女儿，就得增加自己的营养，而牛奶已经是这里最好的了。如果小丫头也可以喝一点的话，哪怕是喝一点点，那也是不错的。给她喝点，看，可以啊。我们得尽全力帮孩子恢复体力，这样她就可以增强免疫力抵抗任何新的侵袭。现在，您听我的话，好好去睡一觉。由我守着孩子，约瑟芬女士也能再陪陪孩子的。12点以后我再叫您，让她睡一会儿。"少妇本来想反驳的，可是他的语气更像是命令，"不然的话，我只好认为，您不是真的相信我。"

少妇走回床边，看着女儿因为做了冰敷已经安然入睡了。她弯下腰，吻了吻她的小眼睛。

"那好吧。"她说，她的嘴角边荡漾着一丝微笑，"请您务必答应，万一情况恶化要随时叫醒我。"

他们握过手后，医生就回到了床边，坐在她刚才坐的那个位置上。

保姆忙着跟少妇一起把另一张床上堆着的枕头移开，照顾着她睡下。

15分钟后，保姆像小老鼠似地悄悄地走回小女孩的床边，对坐着的医生弯下腰来，还没等医生反应过来，就抓着他的一只手飞快地在嘴巴上吻了一下，还窃窃地说："上帝保佑，她终于睡着了！呵呵，医生先生，您真的创造了奇迹啊！已经过了四五天的时间了，我们太太还是第一次睡下了。抵达那个晦气的战场前，起初是忧伤和激动，接着孩子又……先生，您知道吗，其实，我们夫人才是一位天使呢……"

"以后再说吧。"他打断她的话，"您现在也没什么可做的了，可以去睡觉了，我需要您的时候，会叫醒您的。眼下，留我一个人在这里守着就可以了，明天，有您忙的时候。被子、枕头一样都不少，您到火铺边铺个床，也睡上一觉。就这样，您不能再争辩了，知道吗？难道您想用那些无谓的争辩吵醒你们太太吗？"

这位忠诚的保姆对他心怀几分敬畏，恭恭敬敬地望了他一眼，便拿着那条鸭毛褥子往屋角里走去，不一会儿就传来了她又深又重的酣睡声来，这些天真的把她累坏了。

没过多久，云朵又把月亮给遮挡住了，那些微弱的亮光也是从夜幕上反射下来的，均匀地撒在了那片湖面上，又恰好让这个孤独的守夜人能够穿过窗户看到湖面的一角。此时的他也有些饥渴的感觉了，他拿起了那杯放在桌上的牛奶，一口就喝光了剩余的牛奶。他放下杯子的时候，发现少妇在床上翻来覆去的，就轻手轻脚地走到床边。少妇好像在做噩梦，只见她用双手捂着眼睛，好像是在擦泪，不一会儿，手就疲惫地垂在床沿边，又睡着了。他盯着这张秀丽的脸蛋，看着梦境里的一切，好像倒映在没有波澜的湖面上的片片云影一样，映衬在她的脸上：痛苦——惊恐——希望！现在的她，居然嫣然一笑，细腻的朱唇如花般绽放，洁白如月光的牙齿也露了出来。但是，紧接着阴霾又爬上了她的额头，眉心皱得紧紧地，双手握拳使劲地捏紧着。这时，他看到了她食指上戴着两枚婚戒，他心里嘀咕着，这是她跟之前丈夫的婚戒呢，还是这只美丽的手已经有新的所属了呢？孩子开始呻吟了，他只能停下思考。他将那一条差不多滑掉了一半的被子给她盖好，把她那还没有脱鞋的小脚捂得紧紧的，这才回到孩子的床前，把那些10多分钟就融化的冰换掉，还不断为孩子那被灼热的小嘴送上几滴清水。

在午夜时分，一阵风踏着湖面，从窗口里穿了进来，直接扑到了那位年轻的医生身上。他随意地拿起了行李附近的一件衣服，披在了自己的身上。

这件由绸缎缝制内里的长款软面斗篷，是那位少妇的行头，他把斗篷直接蒙在了脑袋上。瞬间，一股紫罗兰的香味就把他给团团围住了，绸缎制的内衬软绵绵地依附在他的脸上，给他一种舒服、又有点说不清楚的曼妙感觉。他每隔几分钟就强制自己入睡，但是只要眼皮一合上，一副乱七八糟的画面就会浮现出来，弄得他睡意全无。

突然，他瞪着双眼，就像被针扎到了一样从椅子上跳了起来，浑身发抖，他透过窗户朝着湖那边望去，只见那片黑漆漆的湖水中央，冒出了一团白色的东西，如同一位白衣女子款款朝小屋这边走来。云层再次散开，月亮在围绕着连绵起伏的山丘的雾气上洒下一片光辉。雾气孤零零地飘到了湖水的上空，一阵从峡谷里奔跑出来的风，一不小心就把它猛地吹散了，此时的湖面又恢复了之前的澄明。医生虽然观看到了整个令人匪夷所思的气流变化，却还是呆呆地站立在那里，一双眼睛被定格在了雾气消失的那个地方，冒出的冷汗还留在前额上，呼吸也不平和，两个眼球都快鼓了出来，像木头人一样死死地望着那儿，他似乎在等待着那个消失的人影再次出现。突然间，一只温暖的小手搭在了这个魂不附体的男人如同冰块似的手上。

"爸爸，是您一直在我身边守着我吗？"女孩用稚嫩的声音问道，兴奋得坐起了身子。她用纤细的手臂对着他的脖子伸开，还没等他回过神来，就搂住了他，说什么也不愿意放开，用被病痛所烧灼的脸摩挲着他的肩。"爸爸，"她撒娇地说，"您要是又一次走了，妈妈会不停地哭的，我也一定会死的！"

一时间，那个咒语被破除了，他如释重负，情不自禁地将这个孱弱的小女孩抱得更紧了，他似乎觉得，她可以给他一种保护似的，让那些敌对力量都不得再侵害他。他们紧紧地抱在一起好一会儿，他感觉在这个小女孩的爱抚下，血液也变得流畅了许多。他轻轻地吻了下她的小脸蛋，摩挲着她那被打湿的鬓发，一边问道：

"小宝贝，您叫什么名字啊？"

女孩吃惊地瞅着他。

"您可是我的爸爸呀，"她说，"您怎么能不知道，我就是您的芙伦茨馨啊！哦，我知道了，您被人开枪给杀死了，然后您就不记得我了。对了，爸爸，您的伤口还疼吗？"

医生说："这事儿，还是明天再跟你说好了。"他脸上带着一种不可违抗的感觉，把小姑娘抱回了床上，"好了，我们都不能再吵了，不然你母亲就会被吵醒啦。"

小女孩很乖巧地躺下，闭上双眼，可是她却不愿意放开这个忠诚的守护者的那只手，还非常清醒地流露出一副惊讶的神情看着他。医生也很喜欢盯着这张纯洁烂漫的小脸蛋儿，唯恐一转眼那些可怕的画面又会重新出现。

就这样，一晃就到了次日的早晨。晨曦的第一缕阳光染红了湖面那边突兀的山岭时，旅店里也开始了新一天的忙碌。伙计蹑手蹑脚地跑到走廊上，谨慎地从门外探听着里面的情况，他指了指木桶，想问问，是否需要再弄一点冰来。医生只是默默地点点头，伙计就出去了。接着就是老板娘，像只猫似的轻轻地游走了过来，医生艾伯哈特冲着她摇了摇手，她做出如有需要，请尽管吩咐的手势，也退了出去。不过是一个晚上的时间，这位奇怪的客人如此仗义的举动，改变了整个旅店成员对他的看法。唯一与这幕温馨的情景格格不入的是那个烂醉如泥的车夫，他睡意未醒，拖着那双铁鞋叮当叮当地从走廊上路过，嘴里还在碎碎地念叨着，把那位还没有睡醒的夫人吓得翻动了一下身子，车夫询问，是不是该准备上路了。

艾伯哈特立即说："时间还没到！您还能睡1个小时。"然后，医生就起身，挡住了那个吵吵嚷嚷的车夫，不允许他往病房里继续走去。

几分钟后，医生回来时，看到母亲已经坐到了小女孩的床边了。

"怎么这么早就起来了？"医生的语调里满是责备。

"早吗？"少妇反问道，"您是故意要我感到羞愧吧？我真是……被您给骗了，是您代替我照顾了我女儿一晚。为什么您不叫醒我一起来照顾她呢？"

"我睡不睡都无所谓，而您太需要充足的睡眠了。何况，我又不是没有能力单独照顾她。您既然选择相信我，就别担心了，对于昨晚，我们应该感到满意的。"

"这么说来，她已经度过了危险期吗？"

"只能说，比之前要好很多。"医生说，"因为您答应过我说会相信我，我会告诉您实情。但是，您还是不需要太担心，就目前的情况而言，一切好得不能再好了，而且，旅店的老板和伙计都很热情，很乐意尽力为我们提供帮助。"

一丝喜悦的表情在夫人那张苍白的脸上掠过。

"您是说……帮助我们？这……这真是……感谢上帝，啊！我亲爱的朋友……"突然间，她停了下来，把手递给他，泪水在眼眶里打着转儿。

医生也弯着腰，吻了吻她的手，但其实他是想把自己的激动隐藏起来。

"您以为，"医生说，"她还在危险中挣扎的时候，我会离开您吗？只是请您不要说那些致谢的词了，也别想着我会为此做出些什么牺牲。事实上，我已经对您做出了最大的牺牲，以后如果发生了什么事，都只会让我更加轻松一些。"

她有些不解地看着医生。

"想必，您也会为其他的人承担着责任吧？"她说，"您要是为了我们留在这里，那么他们就享受不到您应尽的责任了吧。"

"没有，"他的声音很低沉，又接着说，"我已经旅行一整年了，整日无所事事，四处游荡。我之所以会这样，那是一个在您看来也许是无足轻重的理由，我曾向上帝发誓，再也不会行医了。但是因为您的缘故，昨晚我又重操旧业了，亲自毁了这个誓言。要是您仍然相信我，希望我留下来的话，那么，我只求您一件事儿——让我克服我的后悔情绪,这对我们而言都是件好事情。"

过了一会儿,他给孩子把了脉之后,继续说:"她已经睡了。如果,您想写封信给家里人说下情况的话,现在就是最好的时机,您什么也不用顾虑。车夫已经去套马了,他能把信送到最近的一处驿站。"

"我们家再也不会有人为我们的迟归牵肠挂肚了。"此时少妇脸颊上泛起了一朵红晕,"一直以来,我们都过着与世隔绝的生活……"

"只有你们俩? "艾伯哈特感到不可思议,一遍遍地重复着,然后无法克制地盯着她那戴着那两枚戒指的手指。

她发现了这个情况,对他的想法心知肚明。

"这第二只戒指是……"少妇平静地说,"第二只戒指并不是说我有第二段婚姻,而是我丈夫的,他那时候知道自己已经无法脱险了,就摘下戒指交给了同事,请他转交给我。从那以后,我就拒绝任何想改变我命运的诱惑,甚至我与丈夫家庭的关系也变淡了,因为他们家有一位近亲想要娶我。但是我偷偷向上帝起誓,我活着只是为了纪念我那已故的丈夫以及管教好我们年幼的女儿。这个誓言对于我来说,神圣不可侵犯。"

这时,保姆也醒了,吃力地爬起来,看了女主人和医生一眼,精神一下子好转过来,唠唠叨叨地解释着,都是严厉的医生的过错,不该逼她睡觉的,她一溜儿小跑着更加卖力地去做着自己的事情。

"您还是像我昨晚那样给孩子再洗一洗吧。"医生说道,"再给她喝些新鲜的牛奶。好了,现在我需要外出 30 分钟。看啊,新的冰块又送来了。尽管身处于深山野林之中,我们却得到了优越的服务,这是无论任何地方都无法提供的,要知道孩子这种病是所有的药房也爱莫能助的,回见了,夫人! "

他微微鞠躬，然后走出了房间。他随即来到湖边，把一条拴在木棚里的小船解开来，吃力地摇动着小船的船桨，这一叶扁舟以最快的速度奔向了湖的中心。

浓密、茂盛而又高挺的黑松林挡住了太阳的光辉，湖面就像一面硕大的镜子，没有一丝风，周围的空气沉闷，没有流动，像一座大山，把一夜未眠的艾伯哈特给压得喘不过气来。他倚在船沿边，安静地望着这深不可测的湛蓝的湖水，他觉得，船头激起的欢快的浪花像一颗颗水晶，干净透明。虽然，今天天气晴朗，但是湖中心却仍旧是黑漆漆的，就如同是一个深不见底，冒着寒气的无底洞，而他的心不禁有点害怕起来。他想起，在路上遇到的那个樵夫，樵夫告诉他这个湖根本没有底，人要是掉下去，就会如同掉进一口深井似的，会一直往下落，直到通往地狱的大门。地狱里的魔鬼们被火焰炙烤得实在无法承受的时候，就会爬到湖里来洗澡。艾伯哈特把船桨收了回来，环顾了一下四周的景色，除了峭壁就是那些终年黑压压的针叶树林。有几块岩石突出了密林的包围裸露在外，现在已经褪去了粉红色的曙光，只剩下岩石本来的灰白色。是啊，眼下太阳正忙着往上爬，想要在这生铁制成的巨大的黑锅一样的湖面上，镀上一层富有生机的金色来。但这一切都是徒劳，在那湖面上仅仅荡漾着一片刺眼的白色光芒。四周湖面的那片繁茂树林吸收了所有的光线，于是，四周所有的愉快的颜色都不复存在了。旅店的不远处有一块草坪，那头有着红色斑点的母牛正在享受着它的早餐，一缕缕青烟正从屋顶的烟囱里往外冒，看到这里，他才算是有了一点安慰。这时，他才意识到，在这荒野之地，也会有人家居住。

三三两两的白桦树就种在湖中心那座不远处的小岛上，他把船划了过去，将绳子拴在了一个树桩上，他把衣物都脱掉，想下水洗个澡。就在这个时候，他想起了自己昨晚的那个决定，心里着实吓了自己一大跳。他认为，那个决定还非完成不可，尽管，他心里已经有点不情愿了。他觉得自己与这片深不见底的湖有一种不解之缘，它要求他必须履行自己的诺言。一刹那间，他恨不得马上把衣服穿好，然后划着小船离开这里。可是，他马上就为自己这种懦弱感到可耻，他摇了摇头，把内心的那些恐惧和惊慌统统赶走，纵身一跳，融入这片湖水中。

冰凉的湖水包围着他，他感觉自己就像浸在了正在阳光下融化的冰雪中一样。他只能选择不停地在水里划动着，免得血液也被这股寒气所凝结住。他冲出水面后，脚还站在绿油油的青苔中，倚靠着一棵小白桦树，一边慢慢地擦拭着身上的水珠，一边深深地呼吸几口新鲜的空气，这种优哉游哉的感觉似乎与他阔别了好几年似的。他远远地望着对岸的那栋房子，看到了小女孩的窗户前闪过了一个人的身影。由于距离比较远，他根本看不清楚是谁。不管怎么样，只要一想起那栋房子里的人都非常的需要他，对他寄予了非常高的期望，他就会感到一种被认可的满足感。

不一会儿，旅舍里那间低矮的房里，小女孩忽然从床上坐了起来，扫视了一下周围，问："我爸爸呢，他是不是走了？难道他又死了吗？我要他坐到我的旁边来！"

"哦，亲爱的，"母亲亲吻了她的前额，示意她不要再吵闹了，然后跟她解释，"那个善良的先生只是一位仗义的医生，并不是你的爸爸，你可不要乱叫了。你只要按照他说的去做，就会尽快恢复健康的。"

"不是我的爸爸吗？"小女孩若有所思地重复着，似乎在努力地改变自己的想法，"那么，他叫什么名字呢？"小孩问道，"他总不会就这样离开我们吧？"

"您看看，他现在不是回来了吗，小宝贝！"胖胖的女仆哄着她说。这么久以来，她是第一次听到小宝贝说了几句着边际的话，激动得眼泪直流，"夫人，您瞧瞧啊，他划着船桨像一只飞出去的箭那样，正满怀期待地往我们小宝贝这里赶着。呵呵，这个年轻的医生真不错呀！看样子，今天的他比昨晚更有精神呀！白皙的皮肤，黝黑的胡须，真是漂亮，可惜的是他的那双眼睛里总是有一团阴霾常聚不散，这让人不得不为他的健康担心。"

这时，他已经上了岸，只是没有跟房间里的人打招呼，而是径直从门前走了过去。接着，她们就听到他跟老板娘的说话声。顷刻间，他就走进了房间里，回到了小女孩的身边，和蔼而慈祥地照顾着她。他的到来好像对孩子产生一些奇怪的影响，只要他哄着她，她就会乖乖地把眼睛闭上，均匀地呼吸着。房间里鸦雀无声，就连湖面上鱼儿跃起的声音都能够听到。又过了片刻，他才起身，尽量压低了声音说："她已经睡觉了，额头也没有那么烫了。但愿我们接下来可以得到几小时的宁静，我现在就去知会下大家，要大家尽量保持安静。还有就是，我自己也需要休息一会儿，等我给小病人定做的鸡汤熬好了以后再起来吧。"

"要我怎么做才能感谢您对她所做的这一切啊？"少妇的眼睛里充满了暖意，感激地说。

"那么，我希望您永远别跟我道一声谢就好了。"医生回答说，语调比之前要强硬得多，然后就匆匆走了出去。

他回到对面自己的小房间里，昨晚写好的那封信，还躺在书桌上，红红的火漆印比午后的阳光还要灼眼。他明明知道这封信留不得，却还是没有下定决心销毁它，只是把它放进了夹子里。之后，他在床上躺下来，努力地想让自己睡着。但是各种各样的杂念就像无头的苍蝇那般，在他的脑子里乱窜。他总是"听"到对面传来可爱的小女孩和美丽的少妇的声音，让他一次又一次不得不起身仔细地倾听，直到他在床上胡思乱想折腾了半天，才好不容易迷迷糊糊进入了梦乡。

中午的时候，老板娘走到他的房间门口，见他还在睡觉，准备不动声色地退出去。可他马上就像弹簧似的，跳了起来，询问一切是否准备好了，然后随着老板娘一起去了厨房。

"鸡汤在哪儿？"医生一边问，一边走到了灶台旁，闻着那大大小小的锅里溢出来令人垂涎的美食香气。

那个渔家笨丫头正在搅动着罐子里的食物，看到医生，惊慌得连手里的木汤勺都握不紧了，张大嘴巴呆呆地看着这个怪人，他正把一只锅子上的盖子揭下来，仔细地察看里面的食材。最后，他要了一个大汤碗，把香浓的鸡汤盛了进去，他谨慎地把碗底的那几条草根拿掉。

他转过身子，想把鸡汤端出去的时候，却发现那位美丽的少妇站在门口。

"您……这样做没有错吗？"她的微笑中充满了妖媚，"您不好好休息，却亲自来当厨师炖汤。"

"我只给我的病人做吃的。"医生说，"健康人的伙食还是由老板娘来负责，她不需要我来帮什么忙，一定可以满足大家的口腹之欲。我们的小病人醒了吗？"

"她也是才醒过来，就迫不及待地询问您去哪里了。"

　　两人回去时，看到小女孩已经端坐在了床上，对着医生微笑。她乖巧地接过医生拿给她的汤勺，去喝着碗里的鸡汤，她这样做好像不是因为饿了，而是为了听医生的话才那么做的。她全神贯注地聆听着医生所说的每一个字，他告诉她，他早晨在湖面上看到了鱼儿在水里欢快地跳舞，答应等她的病痊愈后，就带着她去抓鱼儿。最后，小女孩的精神又有一点恍惚了，她眨巴了几下蓝色的眼睛，然后轻轻地闭上了，小脑袋又枕在了枕头上。

　　"您别担心。"医生说，"我们是在一小步一小步地治疗着她，每走一步都比之前好一点儿。您的约瑟芬女士得勤快地换冰袋。好了，现在我得请您一起出去，因为我们的午饭已经备好了。"

　　"不，让我留在这儿，我得留在我的孩子身边啊。"她轻声地请求着。

　　"不可以。"医生斩钉截铁地说，不容她反驳，"您必须在外边待上1个钟头的样子，这个地方可不能再接纳第二个病人了，要知道您的脉象也跳得很快，我们吃完饭再来替换约瑟芬吧。"

　　他说完就径直往外走了，她不敢去抵抗什么。他们的午饭被安排在房子外面的那片树影下，紧靠着病房的窗口。老板娘陆续把鱼、烤鸡端了上来。他们各自吃着自己的食物，谁也不愿意开口，心里在各自盘算着自己的心事。不过，每隔一小会儿，医生就会要求她把她自己盘子里经切好的肉吃下去。

　　"您如果不吃，我心里会不舒服的，"他的心情倒是非常不错，"这些菜是我专门定的。大家都知道，医生是些贪吃的家伙，而我也是个爱吃的人，幸好没有毁掉我们这行的头衔，您看您，又在侧耳倾听了，我敢向您保证，我们的小宝贝正在美美地午睡呢。"

少妇看着医生，她的脸上带着感激的微笑，没想到，过一会儿她的眼泪就开始涌了出来，笑容也变得暗淡了。

"真抱歉，我的这颗心受了太大的刺激，"她继续说，"在短时间内我是高兴不起来的。前不久，我刚刚经历了一场暴风雪，现在回想起来，还是惊魂未定。或许，明天会好点的。"

她说完后，两个人又开始沉默了，他们俩都不约而同地望着正午时分爆热的湖面。屋后面的小院子里，有一只蝉打破了宁静。老板躺在客厅的长凳上呼呼大睡。波浪一层又一层地拍打着那两只轻轻飘荡着的小船儿，时不时地发出了哗啦哗啦的摇曳声来。楼上那间病房内，传来了保姆不知哼唱了多少年的轻缓柔和的催眠曲，哄着孩子进入了梦乡。

整个白天都非常的平静，没有发生什么事。可是入夜后，小女孩的额头又开始严重地发烧了，她痛苦地呻吟着，费了好大力气才把她按回床上。直到午夜后，她才又安静了一些。

医生又一步不离地待在病房内，只是中途去外边抽支雪茄，边抽边围着屋子散步，只要走到那打开的病房窗户边，都会安静地站上一小会儿，鼓舞那位守在床边的母亲几句。夜里，他们坐在了一起——保姆已经被打发睡觉去了，他沉默了一阵后突然说道："真是奇怪啊，你们母女长得真像。刚刚，借着混浊的灯光，我看到您俯下身子去照顾她时，她也乖巧得像个小大人似的，用那种非常懂事而又机灵的病人常有的神情仰头望着您。一时间，我还误以为你们是两姐妹呢，我想不出10年，她一定会出落得跟您一样的。"

"或许吧。"少妇说，"不过她也就是外形长得像我而已，她的精神和灵魂都遗传了他父亲，我时常觉得吃惊，她只是一个刚满7岁的小女孩儿，怎么可能跟她父亲那么像。他们父女俩都是那么的诚实，毫无私心，坚强而勇敢，我有的时候会认为，我那已经升入了天堂的丈夫的灵魂又在我们女儿的身上复活了。"

"您刚刚说的这些品德，在我们短短的相处中，在您的身上都有发现啊。"

她摇了摇头，"倘若，如果我看上去要比真正的我要勇敢的话，"她说，"或许是因为，我天生就胆小的缘故吧。您出现的时候，我早已陷入了绝望之中，我的心已经被恐慌和惧怕碾碎了。而我又不能让别人知道，我心里非常清楚，如果我继续消沉的话，我的精神会错乱，我会在以后听到我自己的说话声都会被吓晕的。而我丈夫在面对这些恐怖而可怕的事情时，却总是面不改色。我们的女儿也是这样，她能奉献自己的一切，唯独不会为自己着想。"

"那么您呢？您在这些充满严峻挑战的日子里，也没有为自己考虑过吧。"

"难道对于一位母亲来说，还要讨论牺牲还是没牺牲吗？"她反问道，"我觉得我在守护她的时候，还总是不得不用荣誉来给自己鼓劲，但是其他任何一位母亲，都是心甘情愿地来做这事。但我的女孩却不是这样的，虽然说，青年时代的孩子都是自私的，当然，也可以自私。我可以用一百件小得不能再小的事情来告诉您具体情况，我偶尔也会因为这些事而惊慌失措，您也清楚，心眼成熟得这么早的人，一般活不长久。当然了，谁也无法知晓，我的预感会不会成为现实呢！"

医生透过窗户安静地注视着湖面，好像没有听到她后面的几句话。过了一会儿，他才突然开口说："我想，您一定会把您丈夫的一张遗照带在身边，可以给我看看吗？"

她摘下了那条精美的威尼斯项链，把挂在上面的宝石金打开后，递给了艾伯哈特。医生仔仔细细地看了这张照片大概有 5 分钟的样子，才默默地还了回去。又过了好一会儿，才开口说道："你们是青梅竹马吗？"

"这倒不是，我们不是从小就已经认识的那种关系。我们相遇的时候，我还很年轻，您知道吗？在认识他之前，从来没有一个男人能给我留下比较深刻的印象，我们仅仅认识 8 个星期就结婚了。相处的时间很短暂，我还不能确定他在我心目中的地位。在婚后的那段时间，我慢慢地认识到了他的全部价值，直到失去他，我才发觉，原来他在我的心里占有着举足轻重的位置。如果你们见过，我想你们一定会成为朋友的，他很善良，没和什么人有过过节。"

艾伯哈特站起了身子，轻轻地走过房间。此刻，他在桌子前停下了脚步，把一本书从行李袋中拿了出来。这是莱瑙[①]的诗集，封面上写着"露绮莉娅"。

"您喜欢这位诗人吗？"医生突然问道。

"这个……我也不知道该怎么说，究竟我是喜欢他呢，还是讨厌他呢。其实，我的思想偶尔也会非常敏锐，但是面对他的时候，我却无法分清何为真，何为假，他曾经的确吃了很多苦头。可是我能够从他的字里行间中了解到，他总是以一些炫目的表达形式去放大他的那些伤口。我自己也说不清楚，为什么要带着这本书旅行，可能会找到一些安慰吧。"

"你就找这个厌世轻生的人啊！"

---

①莱瑙，奥地利诗人。

"怎么就不行了呢？他是一个得疯癫病而死的人。每一次想到这，我心里那种失去丈夫的悲恸之情就会减轻。您想想啊，他死得如同夏花一样璀璨，年轻而又富有朝气，还受那么多人的喜欢爱戴，他像英雄一样为国捐躯！因此，我的心里依旧珍藏着他真实的形象，而没有被病痛和在临死前的挣扎给破坏掉，当然，也没有因为他疯癫而变得陌生。对我而言，假如亲眼看到自己所爱的人成为疯子那就太可怕了，难道您不觉得那是世界上最可怕的事情吗？"

艾伯哈特沉默了片刻，这才反驳道："按您的说法，您的丈夫假如患上的是无药可治的精神病，那么您希望他早点死吗？"

"请您不要要求我回答。要是我说出实话，我会难过的，而我偏偏又不会说谎。"

"这样倒不错。"他说。可是她并没有领会到他的意思。过了一会儿，医生就出去了。

凌晨1点钟的时候，医生又回到了小女孩的房间里，命令夫人去休息。她非常顺从他的安排，但是她要求由他们三个人一起轮流照顾小宝宝，这回医生没有否决，而且这次他真的做到了。早晨，露绮莉娅夫人刚一睁开双眼就看到了保姆坐在女儿的床前，医生在客厅里的一条草袋上睡着，他怕有需要时来不及，才睡这儿的。

过了一个星期后，艾伯哈特又回到了自己的房间里，坐在了那张摇摇晃晃的小桌子前，屋子里的灯火跟先前一样昏暗，不停地摇曳着，皎洁的月光照了进来，顿时，屋子里明亮了起来，做什么事都可以。艾伯哈特拿出了那封在风雨交加的夜里写的信来，从头到尾匆匆读了一遍，现在在那些空余的纸上写了下面的这一大段话：

卡尔，在 8 天后，我又给你继续写这封信，如今的我感觉自己又年轻了 8 岁！至少在我对着镜子打量自己的时候，感觉和之前的那副失魂落魄的鬼样子相比，我已经在岁月上倒退了，而且是很大的变化，倒退到你可能都不认识我了。那时，我可没有想到过死，虽然那阵子，我的手术刀下，每时每刻都有死亡的出现，就如同儿科的医生，从来都不会想到，有一天自己也会患上麻疹那般。我重新读这封信的时候，我让自己安静了下来，细细地研究了他那副临死前的脸孔，就好像研究一个陌生的住院患者的嘴脸那样，唯一知道的就是他是哪个床位的哪个病号而已。眼下的这个转变，就像是侥幸地度过了一次危机那样，你也会为我感到高兴吧？而我自己呢，我只有唯一的埋怨。原来一切都计划得好好的，我已经拎着行李准备出发了，已经跟前来送行的亲朋好友都一一作别了，火车的鸣笛声早已在耳边飘扬，但是就在这个时候，居然来了一个人告诉我，我误车了！于是我只能在车站里先坐着，进退两难，尴尬得无法用语言去描述，想把行李打开，然后继续生活吧，这就是连自己都觉得很滑稽。

　　我想把这里发生的事情的原委大概告诉你，不然你会以为我真的在面对死亡的时候畏惧了，才会怜惜自己的生命，然后，重新把这个世界当作是和谐而又美好的。可是，卡尔，你是了解我的，这一切归根结底都是我的职业癖好在作祟，我觉得，比起结束掉我这条行将就木的老命来，去拯救一条年幼的、如同朝阳般的小生命更加不容耽搁。可以说，我遇到的这个小女孩，她值得我为她做这一切。何况，还有她的母亲啊！

　　你一定会想，这肯定是个一见倾心的爱情故事了，可是，事实并非如此。或许，你应该这样想象一个被厄运缠身的人，他被埋在一个塌方的矿井里，最后好不容易被人给刨了出来，而我那个时候的感觉，就如同他重新呼吸到几口新鲜的空气，重新沐浴着阳光那般感觉。不过你请放心，我只是会把这个女人向你轻描淡写一下。她的容貌是否美，样子是否可爱（人们一般就是这样去理解的），是否聪慧，是否具有报纸上面时常介绍的那种女人的美德——这些，我一点儿也不知道，我就知道，我跟她在一起的时候，我会忘记过去和未来，什么感觉都没有了，仅仅能感觉她在那里，而我在她的身旁，如果可以一直这样下去的话，我生命的任何时期都不会有缺陷了。你应该还没有忘记，有一次，我们为了下面这件事儿小题大做——那位写了《少年维特之烦恼》的感情奔放的人，竟然也能毫不避讳地说出自己对一个女子的倾慕之情：

> 每每想起你，
> 如同仰望
> 夜幕之上的那轮明月……①

而我此刻感受到的完完全全就是这种感情，真是让我感到羞愧。"对于月亮的仰慕"这不是我们曾经常笑话的吗？更可笑的是，现在的我却被它给牢牢地控制住了，我真的希望自己的灵魂能够融化在这清澈如霜的月华之下，可以无忧无虑地度过一个漫长的夜晚，即便是拿我剩下的生命去交换，我也无怨无悔。可这并不实际啊！所以，我要做的就是为这一天的提前到来而努力，到时候，我的小

①这是歌德写给自己女友的诗，名字为《狩猎者的夜歌》。

病人就会被送到文明的地方去了，在休养期间获得更好的营养，而不仅仅只是喝些渔妇熬制的鸡汤而已。到那时，我就是一个多余的人，然后我就跟死湖说再见了，重新下山去融入那个有过此番经历之后于我而言更加死气沉沉的世界中去。我为自己误车而懊恼，难道不对吗？不然的话，我已经到了"终点站"了。

　　但是，凭什么一个人就不能把自己早早计划好的旅行计划推迟一两个星期呢？何况，这个所谓的"命定之地"的旅行，既不需要什么特别的旅伴也不需要顾及天气状况呀。卡尔，我知道，你是不会鄙视我的，所以我现在就可以告诉你，我的勇气全部消失了。我发现在这片光明的大地上还是可以好好地生活下去，现在只要一想到要跳到那个暗黑的深渊就感到毛骨悚然，难道这样做就是可耻的吗？就算在几天以后，我又得开始四处游荡，就像之前很长一段时期我过的那种不是人过的无家可归的生活那样。但是，现在有一个新的思想在我的脑海里生了根，任何东西都无法将它抹杀掉：世界之大，总有我的容身之所，会有一个属于我的避风港。就像索福克勒斯[①]话剧里，那个杀掉了母亲的人，不也是有一个避难所吗？即便是复仇女神，也只能望而却步，不敢去染指那座神圣的殿堂。

　　现在，我很了解具体的情况，我觉得很失落，因为我只能待在门外。对于她，即便是我有勇气去告白说自己愿意照顾她一生一世，她也会委婉地拒绝我的。因为她曾向上帝起誓，要终身忠于自己的丈夫。可是誓言又有什么用啊，誓言难道能够像绳索那样把我们绑得严严实实地，竭力遏制我们，不让我们生长发展吗？7年的时间，

────────────
①索福克勒斯（公元前496—公元前406年）：古希腊悲剧作家，文中提到的这个故事见其悲剧《奥狄普斯王》。

就可以让一个人的机体完成整个新陈代谢，在这个已经更新了的躯体中。难道因为某个人在筋疲力尽的那个瞬间对自己产生绝望的想法，他的精神就只能永远保持先前的模样吗？我曾经发誓，永远不会再坐到任何人的病床前的，可我不也是为了她而打破了誓言吗？而且我一点都不觉得这是可耻的，反而觉得是光荣的。可是啊，这个女人的誓言却是这个世界上比钻石还要坚硬的东西，不会有任何的动摇。对我，她的确是善意的，我知道，只要我身处于危险之中，她是不会弃我于不顾的，她会是我最忠诚的朋友。我所有的要求，她都会去满足，因为我曾救了她的孩子。但是，她的整个人只属于她过去的那段幸福，还有她女儿那未来的幸福，可是，对我来说，最重要的就是现在……

　　我刻意地避免去打听她在哪座城市里定居，还有家里的一些情况怎么样。我想，我们还是像一张白纸那样，淡淡地分开，我害怕，终有一天我会忍不住思念的折磨，而去寻找她，让原本就知道会没有结果的事情变得更加荒谬起来。那些凡尘俗世都被这片山脉给挡在了外面。这里虽然是荒山野岭，却是安静的天堂。但是这种隐居的日子，我只能再享受最后的几天了，而我听说，天堂里不会流行什么求婚，也没有离弃的啊。最后，我只能一切随缘了，无论怎么都好！

　　命运为了向我证明我还没有死去的权利，他不得不在我的心口划上一刀，让我从心的跳动中，感觉自己的肌肉依旧健硕，气血依旧旺盛，还可以继续活很长一段时间。这种治疗方法真是世间少见啊，虽然是有点残忍！

　　好吧，今天就到此为止吧。这个荒山是个与世隔绝的地方，没有办法把这封信寄给你。至于，这封信会在哪儿写完，什么时候能够写完，在什么地方及什么时间可以付寄，也只有上帝才会知道了，如果，他有闲心来关心我们俩的通信的话。再见！

　　艾伯哈特搁下了笔，仔细地听着隔壁房间的动静。小女孩那娇嫩的嗓音传到他的耳朵里，这语调里已经没有之前发着高烧时，那般让人心神不定了。可是，这么晚了，出现这样的声音还是让人不放心，因为以前这个时候，小女孩应该早就睡了的啊。然后，母亲那柔和的声音在哄着她，而且很有效果。当艾伯哈特走过去的时候，她已经又睡了。

　　"刚才，她说梦到您了。"露绮莉娅夫人把头微微抬起来，冲着他甜甜地笑了笑。

　　"她把她的梦境都跟我说了一遍，她说您把一只白色的小羊羔送给了她，它的脖子上还系着红绸缎，小羊羔用小嘴巴吃她手里的东西。她和小羊羔玩了好一会儿，才想起应该向您说一声谢谢。她要我把您叫来，把之前忘记的那句'谢谢'给补上。就为了这个过失，害得她非常难过。"

　　"那您为什么不把我叫过来呢？"

　　"我跟她说，艾伯哈特叔叔不喜欢听任何表示感谢的话。妈妈也收到了他的很多东西，虽然，我非常想去感谢他，却始终没有去感谢他。因此，我的芙伦茨馨只要乖乖地去睡觉，艾伯哈特叔叔会比他收到任何的感谢还要开心的。真遗憾，刚才您不在这里，她居然不吵不闹地乖乖躺了下去。您看看，她又睡着了，微微的细汗也从额头上冒了出来。哎呀，您知道，我的芙伦茨馨可从来没有对任何人像对您这样听话。"

艾伯哈特望着安睡中的小女孩，继而又开始了默默的深思。

"遗憾的是，我不是女王。"露绮莉娅夫人的脸颊淡淡地泛起了红晕，接着往下说，"如果我是女王，我会要求您长期地住在我的宫殿里，这样一来，您就可以时时刻刻地陪伴在我的身边，当我的御用医生了。我真的不敢想象跟您分开后，万一以后遭遇到什么，该如何是好。我想如果您一直陪在我们身边的话，我的芙伦茨馨就连伤风也不会有的吧。但是话虽如此，我还是为我是个普通人而感到高兴。倘若我是位女王的话，就肯定会拿金钱和名誉这些俗物来回报您对我的芙伦茨馨所付出的一切。而我呢，您对我们的好，我会始终铭记在心底，永远怀着对您的感激。"

她边说边把手递给了他，他非常激动地亲吻了她的手。

"露绮莉娅夫人，"他欲言又止，只是说，"现在已经11点了，您还是早点休息吧，这里交给我吧。"

"不，"露绮莉娅夫人的语调有点兴奋，"我可不是芙伦茨馨，不会像她那么乖乖地听您的话，当然，可以说我现在一点睡意也没有。我还想在这里坐1个小时，如果，您也没有感觉到疲惫的话，不如给我朗诵点什么吧。我记得，您好像带着一本歌德的书，您似乎非常欣赏这位诗人，您应该不会拒绝，带着我一起去了解他吧？真的抱歉，昨天我随手翻了翻他的诗句，说实话，他的句子中有很多是我从来没有接触过的东西。"

"我很乐意为您效劳。"他说，"无论您反复听了多少次，其中很大部分对于您都会是新的，这没什么奇怪的，因为我本人的感受就是如此。"

他拿来了那本书，是《歌德诗选》的第一卷。他并没有筛选，直接从第一页开始念了起来，他刻意把声音压低，没有什么特别的朗诵技巧。但是，这些诗句里弥漫着一种用青春的热忱培养出来的鲜花所散发出来的香气，还是让人如痴如醉，而这种让人惬意的感觉，他之前还从未感受到过，这种感觉，很纯真，很深邃。他在朗诵的时候，始终不敢把头抬起来，害怕与美丽的少妇那好像在无声中提出疑问的眼神碰撞到。可是，当他读到《狩猎者的夜歌》的时候，他没有之前的流利，特别是读到最后一小节的时候，更是结结巴巴的：

每每想起你，
就如同仰望，
夜幕之上的那轮明月；
一种温存之感，
在心底蔓延，
不知为何会如此！

这一刻，他沉默了，书也没能握紧，滑到了孩子的床上，他猛地站了起来。

"您怎么了？"她惊慌地问。

"请您去把保姆叫起来吧，"他转过脸说，"我觉得有点闷闷的，还是让她顶替我来守夜吧，我得出去走走。您看，我起身后，就精神多了。我要去湖上划划船。"

他一边说着一边走出了房间，把她一个人留在房里，心里感慨万千。

次日清晨，他们相互问候了一声，并把昨晚的那些不愉快都忘得一干二净，语调也欢快了。还好昨晚芙伦茨馨乖乖地睡着了，也算是帮了忙。她睡醒后，艾伯哈特又亲自给她在老板娘的木桶里帮她洗了一个澡，而这也让她的神经痛好转了许多，没过多久，她又睡了。黄昏的时候，艾伯哈特刚好散完步回来，还从山坡上带回来了一些羊齿植物和一些颜色不一的石子。然后，他一直坐在芙伦茨馨的床前，告诉她那些居住在山岭中的那些小鸟还有别的小动物的故事。芙伦茨馨靠在枕头上，眨巴着大大的蓝色眼睛，观察着艾伯哈特带给她的那些小宝贝，提出了一些非常聪明的疑问来，使得医生很开心。露绮莉娅夫人则坐在一边，认真地绣着东西，天逐渐地变黑了，厨房里那烧晚饭的炉灶里发出柴火噼噼啪啪的声响，从外屋传了进来。这晚，艾伯哈特决定自己守夜，而朗诵的事再没有提及了。

这样的情况持续了好几个夜晚，随着小女孩的病情好转，如今也不需要时时刻刻都要人照顾着了，医生的责任也已经尽到了，他可以不去床前继续守护。白天的时候，小女孩完全可以自己出来活动几个小时，因此，他露面的时间非常少。他时常会拿钓鱼当作挡箭牌，溜到湖心的小岛上去，然后一直等到暮色四合时才划着小船回去；或者是穿过那片繁茂的松树林进入峡谷中，甚至一直向上爬到冰洞的前面。有一次，受少妇委托去山上采摘夏末的草莓的伙计，在回来之后说，他发现医生孤零零地坐在岩石上发呆，远远望去，就像是在睁开着眼睡觉那般。伙计跟他说"先生，您好"，这倒是把医生吓坏了，他站起身点了点头，然后就向上继续攀登。他这般地魂不守舍，猜想他肯定不对劲了。伙计还记得前一天晚上，他像霜

166

打的茄子似的坐在板凳上面，不吃不喝，那个时候起，伙计就看出了端倪。

接下来的几天都是如此。反正，只要小女孩的病情越是好转，医生的精神状态就愈发地颓废。他当初之所以会恢复成为一个健康人，完全是因为小女孩的病情对他的依赖。现在，他过着这样暗无天日的憋屈的生活，简直让人无法承受，他想要尽快地结束才行。

一天上午，医生无法继续面对露绮莉娅夫人那充满询问和哀伤的眼睛，还没等吃午饭就往峡谷那边跑去了，他这次准备下最后的决心了。今天的他很幸运，找到了一条越过山梁通往南边的小路，于是他顶着正午时分的烈日，顺着这条道，走了好几个钟头。如果他继续这样不停地走，傍晚的时候，应该能到一座罗曼族人的村子。而这座村庄和死湖中间相隔的是一片荒凉的冰原。此刻，他原本觉得不可能发生的事情，已经发生了，不需要说再见什么的话语，对于那些他在她们的生活中已经没有作用的人来说，他等于是一无是处了。他想了很久，这或许是最好的选择了，并且他知道，自己一定可以做到。可是当他被一整片望不到尽头的石壁挡住视野时，他想遥望死湖，却发现这个荒芜的地方，已经看不到死湖的任何一个角落了，周围全部是一些不毛之地。一股孤寂悲凉的感觉将他缠绕着，越绕越紧，让他无法继续往前走，于是他一头倒在了那座秃峰阴影中的野草丛中。他绞尽脑汁地寻思着所有让他回去的理由：那封诀别信和留在死湖边旅店里的日记，露绮莉娅一整天见不到他，会有多担心。他有责任送她们启程，送他们去相邻的那座城市。对，今天就得办好这件事，他严肃地向自己起誓。他决定让伙计跑到山下去为她们母女雇一辆马车来。当然，这一切的一切都必须在24小时内完成，就让分别成为事实吧，剩下的，就听天由命了。

做出了决定，他觉得如释负担，翻身跳起来，沿着来的那条路往回走去。他知道能够在露绮莉娅的身边待的时间不多了，自己应该开开心心地享受这来自上帝的恩赐，不能把离别的那种痛苦表现出来，得不动声色地去做。真不明白，他为什么非得要为今后才发生的事在这个时候去徒增伤感呢？

他从山上采了一些没有香味的野花还有羊齿植物，这些都是为芙伦茨馨明天启程所准备的。他一路走，一路采摘着植物，不知不觉地就走到了山脚下，等他爬出山沟的时候，正午的炎热减了大半，死湖此刻就在他的脚下，湖面犹如一面镜子那般安静，没有风和涟漪，而岸边那块绿油油的小草坪、悬崖上的松林还有那些灰色的光秃秃的山峰成了湖面上的点缀。他看了看对面岸边上的旅店，因为视力很好，就连屋顶上的那些方石板也看得清清楚楚的。院子里，一只只灰白色的雏鸡跟在老母鸡的屁股身后学步，绳子上还晒着各种衣服。可是，唯一遗憾的是他没有看到那家简略的旅店里的人们。这个时候，他们都坐在自己的位置上，或者是做点轻松点的活儿，或者睡个午觉。也正因为这样，当艾伯哈特看到那房门突然被推开，竟然走出来一个从来没有见过的人的时候，他的心咯噔了一下。那是一个比较年轻的男人，身上穿的是浅颜色的夏装，他头顶上的宽边草帽挡住了一半的脸，却把那撮儿非常整齐的士兵式的胡须露了出来。那个人在门前小站了一会儿，好像是出来呼吸一下新鲜空气和感受一下阳光的，接着，他回过头对房间里匆匆忙忙地说了些什么。没多久，露绮莉娅没戴帽子就从里面走了出来，举着一把比较大的遮阳伞，她娇嫩的肌肤就在遮阳伞的庇护下了。她跟着那个男人一起走向船篷，过了一会儿，他们两个乘坐着一叶扁舟，驶过微波荡漾的湖面，朝着对岸的那个小岛划动着，这一切都映入了艾伯哈特的眼帘中。陌生人的力气不小，小船很快就划到了目的地，他马上跳了下来，然后以绅士的风度，伸出手来，把露绮莉娅从船上扶了下来。然后他们在小岛上手挽手，穿过白桦林还有高高的芦苇丛，顺着湖边走着，似乎是想看看这座小岛。

艾伯哈特的心在胸腔内乱蹦着，身子都不得不靠在一棵松树上，免得自己一不小心会晕厥过去。这个陌生人究竟是谁呢？竟然会对她这样的亲密。露绮莉娅为了迎合他，还跟着他一起去了湖上的小岛，哦，要知道这可是她一直在婉拒为她的朋友及恩人做的事情啊！他们的手还挽在一起，走走说说，似乎很快乐，她居然把女儿的病情给遗忘了，已经上岛有 1 个钟头了，而只是由保姆照顾她啊！算了，不管他是谁了，他来得正好，刚好来终结这一场梦，结束这个宁静山间里生活在其间的人沉浸着的美丽的梦。作为露绮莉娅的老朋友，他会让她想起很多事情来，回忆起她在女儿生死挣扎时忘掉的那些尘世，而她在外面的那个家、朋友还有偶像，这些对于艾伯哈特而言都是陌生的，这些都会召唤她回到以往的那种生活里，当然，艾伯哈特和她的这种生活毫不相干。这样很好！既然决心已经下定了，那么就不要再犹豫了，不得为之的事情，做着就不会有什么困难。他很明白，自己是无法跟第三者一起分享与她的亲密的。

他大步流星地往山下跑去，跑到旅店门口的时候，两腿已经站不稳了，筋疲力尽。他走过屋角的时候，看到了停放在柴火旁边的那辆马车，而冬季里专门用来关牛的草棚里，关着两匹马，它们正对着饲料盆喘气儿。老板娘心急如焚地跑来想告诉他这个新闻，他倒是没有理睬，直接走到了病房里，小女孩坐在小桌子边，玩着新的布娃娃。

"马克斯叔叔来了！"小女孩的脸高兴得涨得通红，大声地告诉他，"这是他送给我的布娃娃，你瞧，它的眼睛还可以动哦。然后，叔叔跟妈妈在这里一起共进午餐，现在他们已经去岛上了。你放心，他们很快就会回来的，马克斯叔叔说，他想接我们走，可是我妈妈说，如果你不同意我们走的话，她绝不会走的。"

"芙伦茨馨，"艾伯哈特叫着她，一把抱住了她那头发蓬松的头，"如果我无法送你一个这样美丽可爱的布娃娃，只有一束野花送给你，你还会像以前那样喜欢我吗？"

芙伦茨馨瞪大着眼睛望着他。

"我妈妈不是说过了吗，除了亲爱的上帝，我最最应该喜欢的人就是你了，是你把我救活的，我真的是比爱任何人都爱你的呀，只是我喜欢妈妈会多一点，其次才是亲爱的上帝。"

艾伯哈特把头低了下去，对着她那甜美的小脸，先亲了亲她那双诚实的眼睛，又亲了亲她那苍白的小嘴。

"芙伦茨馨，你做得没错，"他哽咽着说，"她的确配得上你的爱。喏，这束野花，请代我转交给你的妈妈，并且向她问候一句。"

医生转过身子，朝着房门走去。

"您不要走好不好？再给我说一个故事好不好？"女孩对着他的背大喊。

"下次吧！下次！"他不知道该说些什么。

保姆这时正好走了进来，准备留下他，但是看到他那失魂落魄的样子，就被吓到了。他从保姆身边挤了出去，跑回了自己的房间里，刚进去就把门闩给插上。

当他知道身边没有任何人的时候，那种巨大的悲恸便一下子爆发了。他浑身无力地倒在了一把椅子上，大声抽泣着，但是没有泪，只是胸口像是抽搐一样，剧烈地起伏着。过了一会儿，他费力地用双臂把身体支了起来，用拳头压住胸口，好使自己平静下来，同时把自己的那点衣服，慢慢地往旅行袋里塞。书信的夹子，却被他放在了外面，然后，他又来到小书桌旁，拿起了那份给朋友的诀别信，他好像想要加点什么话，但是又找不到合适的话来。他只好把这封信搁置一边，然后拿出了一张白纸，给小女孩写了一份非常简短的病历，他想这个东西，对于今后来治疗她的医生而言，一定有用。他写完后，觉得还不错，简短精湛的语句，一点儿也不啰唆，而且他的字迹也是那么有力。

"我至少还没有犯糊涂啊！"医生大声地告诉自己。

他刚写完，就听到一个男人的脚步声快速地向他这里逼近了，接着就响起了咚咚的敲门声。他的心里感觉很不舒服，他不想见那个人，可是，假装不在家已经没有办法了，如果能够避免这次的相见，无论让他付出任何代价都可以。他面如死灰地把门打开了，按理来说，这张脸一定可以把任何来访的人给吓得扭头就跑，而那位蓄着金黄色胡子的陌生男人，却满脸堆笑地走了进来。他似乎早就做好了自己不会被人热情接待的准备，但是看样子他并不会在乎。

"尊敬的医生，"他的口气暖暖的像一杯热茶，他一把抓起了艾伯哈特的手就摇了起来，"这次冒昧造访，还请您谅解。露绮莉娅早就跟我说过了，您不喜欢任何人的感谢。只是这样不会给您带来任何好处的，所以我并不在意。我是一名军官，是不会在自己的恩人面前畏首畏尾的，如果那样的话，就真的很丢人了。所以，即便是担着我们以后会决斗的风险，我也得向您表示感谢。当然，如果您有任何要求，我随时都会为您效劳的，您可以当我是最好的朋友。是您为我们创造了奇迹，您治好了我视如己出的芙伦茨馨，而且还治好了她的母亲露绮莉娅，就连我，都差点认不出她来了。您知道的，自从她的丈夫，我那遭受厄运的哥哥为国牺牲之后，露绮莉娅就开始一个人过着寡妇般的忧伤生活。无论她的朋友们想出什么办法来，她就是无法一展欢颜！而这样的生活，她一晃就过了7年！在我看来，这7年已经是很长了，应该足以抚平她的伤痛了。说实话，我们兄弟之间的感情也很好，可是，这7年真的很漫长。那个时候，我也爱上了露绮莉娅，只是我那时还是个少不更事的少尉，所以，哥哥得到了她。可是维克多去世以后，我以为该轮到我了吧，我想，您也会这么认为的。可是，尽管时间稍纵即逝，她还是没有给我一丁点儿希望。本来，我是想带着她去战场的，事实上我也有资格这么做，但是，这只是我的一厢情愿罢了！露绮莉娅一口拒绝了！我想只能等她回来后再商议。或许，这回去为哥哥扫墓会成为一个转折点呢！于是，我就不急不躁地等着她，即便是等来她的一封信都好啊，可是，我等了半个月的样子，好不容易过了3个星期，我的心才忐忑不安起来，难道是她遇到了什么麻烦？我向团部请了假，就跑出来寻找她，今天，我才找到这里。我发现她如同脱胎换骨了似的，人也变得开朗了起来，不再是冷漠得让人无法接近了。这一切似乎是芙伦茨馨让她重新回到了生活的轨道上了，以至于她不再抗拒生活中的美好。既然事已至此，现在的我已经可以亲切地称呼她为'嫂子'了。当然，这一切的转变的，都归功于您，我亲爱的医生。是您融化了露绮莉娅内心的冰山，给她带来了温暖。而她本人也是这样觉得的，她一说到您的时候，就充满着感激和仰慕之情，假如我不知道她这都是为了女儿而充满感激的母爱在起作用的话，我会嫉妒死的。"

就在那位军官这一番自以为是的陈述后，屋子里出现了一阵缄默。这时，军官穿过房间，走到了窗口边上，用手敲了敲那块就要压到头的天花板。

"哦，您难道就在这么破败简陋的地方居住吗？"说完他又得意地笑笑，接着往下说，"当然，当医生可不像我们这些当兵的被娇惯着！好吧，从现在起，我们会尽最大的努力让您住得舒适点。您将跟我们一起离开这里，这是没问题的。露绮莉娅是不会让您这位医术高超的家庭医生就这样走掉的。"

"真的很抱歉，"艾伯哈特平静地回答着，"您的嫂子，似乎高估了我的能力。我想我在这里的事都已经做完了，再说芙伦茨馨的病情趋于稳定了，我也是时候让她离开这里了，因为在外面可以得到更好的营养。我之前就准备明天为她雇一辆马车，送她们下山去，刚好您出现了。您肯定能护送她们安全抵达舒适的城镇，所以，要是我今天就跟你们道别的话，您也不要以为我有什么不满。"

"这怎么可以！"军官吹胡子瞪眼地叫嚷了起来，"我跟您说了，假如您就这样走了，不出大事才怪呢！露绮莉娅跟芙伦茨馨还有保姆都不会让您就这样走的，当然，我一定会拔出剑来，阻挡您离去！"

"即便你们会联合起来不让我走，我心意已决，多说无益。"医生的脸色似乎不是很好，"您最好不要再提及我的决定，等天色再暗一点，我就已经离去了。这是我写给芙伦茨馨的病历，您得收好，希望这个东西是个多余的。现在的天气很不错，你们可以慢慢地、很舒适地往家的方向走着，当然，这样的天气对芙伦茨馨的病情也是有所帮助的。好了，我们就此别过吧，希望您能代替我向您嫂子表达我最诚挚的问候。"

"医生，"军官说，"您别这样把话说绝了，您再好好想想吧。我先把芙伦茨馨的病历收好，现在就出去，我似乎已经打搅您写东西了，待会儿见！"

"希望您可以对我们刚才的谈话保密！"艾伯哈特对着军官的背影喊着。

青年军官，竖起了食指放在嘴唇那，向医生行了个军礼，然后哼着小曲儿，开心地往客厅方向走了过去。

艾伯哈特在房间里待了还不到10分钟的样子，正当他像是一位想要逃跑的战俘似的，焦虑地在这间四壁荒凉的屋子里徘徊时，突然，他又听到了客厅的门响了起来，那熟悉的脚步声由远到近，他的神经全都绷得紧紧的。"真不走运！"他念叨着。还没有说完，露绮莉娅就走到了他的门口，伶俐的眼神望得医生慌乱不安，让他不知道如何面对。

"我的朋友，"露绮莉娅用颤抖的声音说，"请恕我又一次在您不想见到我的时候，出现在您的面前。您是不是要走？甚至还不愿意跟我们道别。我堂弟从您这里回去的时候，我从他的眼神里已经看了出来，当然，他起初还不愿意告诉我。其实，我心里早就感觉到了，因此，一点也不觉得惊奇，只是感到非常难过而已。对您的感激，我不知道用什么方式来表达才好，所以，在我们分开之前，我们是不是可以谈谈？其实我讲一些什么都毫无意义，但是，您却连说的机会都不给我，哪怕是让我给您一点微不足道的报酬也不行，这样做的话，您不觉得自己也太小气了吧？我很清楚，我一定可以用友情的力量让您变得快乐起来，当然，您也必须像我之前相信您那样相信我。我知道您的心底藏着一种不为人知的隐痛。要是我可以跟您一起分担那份压在您心头的痛苦的十分之一，无论让我做什么都可以啊！您叫我怎么可以忍心和您分开啊！或许，我们这一别就是永别了，而且还怀着内疚。您想，那个人，他像一位靠得住的朋友那般，给了我最无私的帮助，他现在正在受苦，而我既不知道他痛苦的源头，也没办法帮助他，而这仅仅就因为我害怕在他面前失礼，多管闲事！"露绮莉娅讲着讲着情绪就激动了起来，脸颊泛着淡淡的红色，"我知道，您不是因为出于私心而刻意让我的良心难安的，而仅仅是因为您过于骄傲，不愿意在一个女人面前吐露出内心的那种男子汉的苦痛。"

艾伯哈特不发一言，只是静静地听着，眼神一直盯着地面上，就算她已经说完了，他也没有把头抬起来看她，而是在心里认真地思考着，要怎么去回答她。

"感谢您。"艾伯哈特尽可能让自己的语气平缓地说，"我心里清楚，您对我是出于一片好心的，不是在多管闲事。也请您务必相信，我心里的那件事就像一座大山似的，这绝对不是任何人力可以解决的问题，所以，我绝不是骄傲到连跟您也不说的程度。我既然帮助过您，自然也不会拒绝您给我的帮助。可是有些事是无法改变的，因为这些事情而心生怨恨，或者因为这件事拖累朋友，对于我而言，这是愚昧和懦弱的，也许，这件事还会演变成一种罪过，让我们就在这里分开吧。芙伦茨馨会一天天好起来的，您就会把心中那些有关于死湖的所有的不开心的回忆都淡忘掉，包括我这个人的形象，这个人……"

说到这他戛然而止，他感觉自己马上就要失去理智了，赶紧走到窗口边，努力调节情绪。当他再转身时，就看到了露绮莉娅脸色惨白，依靠在门边，痛苦的神色变回了那天夜里初见时的那样了。

　　"上帝啊，露绮莉娅，您这是怎么了？"艾伯哈特问，"就算是我和您说了，您也是帮不了我忙的，您怎么激动成这个样子了呢？如果您无法承受那所谓的自己亏欠我一个人情的想法，那我现在就告诉您，我们谁都不亏欠谁的。我是救了您的女儿，但是您也救了我一命，相互抵消了。"

　　她瞪着眼，诧异地看着他。

　　"是的，没错，"他接着说，"在那边的桌子上，也就是我们第一次认识的那天夜晚，我在那里写下一封诀别信。现在，信还在这儿，也正是您让我改变了注意。至于我是否需要感谢您，这就是另外的问题了。我现在是活不了，死又死不了，处于艰难痛苦的两难境地！哎，够啦！对您已经救活的我这条命是否还值得继续痛苦地生活下去，您又能承担什么责任呢？我们还是尽早地作别吧，不能再这样拖拖拉拉了。您回您的故乡，至于我，就让上帝把我当成一个被小孩子在街上踢的小石子吧，踢到哪里就是哪里了。露绮莉娅夫人，非常感谢您，我才能在这山上度过了一段美好的时光。一直以来，这些日子才是我唯一的、重新拥有的、快乐的日子。遗憾的是，这样的日子已经到头了，它就如同这世上一切终将结束一样。"

　　"为什么您一定要这么固执呢？您难道就真的不愿意跟我们一起走吗？"露绮莉娅的目光里充满了恐慌和惧怕，近乎哀求地看着他说。

　　"我……"艾伯哈特一时间不知道该说些什么好，眼神在房间里游离着，可是到最后，还是停在了那封诀别信上，一个想法在脑海里闪了一下："您大概需要的是一个证明，证明我对您的那份友谊非常重视，而不是什么骄傲，只要有可能，还是会接受您提供的帮助的，是不是？那好，现在请您把这封信收起来，但是，您必须答应我，到了明天您才能打开看。您愿意吗？"

露绮莉娅点了点头，但还是没有看他。

"所有的东西都在里面，"艾伯哈特说，"我真的没有那个勇气，去把里面的内容再说一次。您看完信就会完全明白此刻我为何必须离开，您为何得答应让我走。我可以再吻吻您的手吗？我是为了您才继续活着的，让我谢谢您吧。"他说完，就非常激动地吻了吻她的手背，"明天，您看完信之后，就替我吻吻芙伦茨馨。以后……可能，我不需要求您，不管怎样，请您对我保有一份亲切的回忆。是啊，您一定会这么做的，您就是善良的天使啊！而我……我将会……永远永远……记得您的。"

艾伯哈特说完后就夺门而出了，跑到了走廊上。芙伦茨馨的声音从客厅里传了出来，她还跟保姆提到了他的名字。他快步走着，刚好迎面撞见了进来的老板娘，他虽然神色慌张，却还记得给了她一把钱，跟她道别。然后，他就朝着下面山谷的那条大路跑去，又急刹车似地转过了第一个弯，然后便不再回头去遥望死湖附近的那栋旅店了。

他像行尸走肉一样跑了 15 分钟，脑子里却不断冒出一个模糊的想法——千万不可回头，好像一回头，他就会没有力气那般。所以，他跑到谷底，才想起，自己是往德国的方向走着的，可是，他原本是想去伦巴底①湖附近的。

"算了！"他跟自己说，"无论我去哪里，不都是异国他乡的流

①意大利北部地区。

浪者吗？"

　　他到了一条正好跟大路相平行的溪沟旁，休息一会儿，还用溪水好好地洗了洗发烫的额头，然后屏住呼吸听听附近有什么动静。只有溪水欢快地冲撞在岩石上，发出了如同小芙伦茨馨病情好转后的欢乐笑声来。顿时，让艾伯哈特突然难过起来，眼泪簌簌地往下掉，他也没有去制止，而是让这泪水好好地流了一会儿。突然间，一个推着小车的人从山下上来了，这个时候，他才止住了悲伤。他暗自想着，那个人应该会很快就在死湖边上停下，一定会看到露绮莉娅还有芙伦茨馨，而他却这辈子都无法与她们相见了！可是，他并没有停下来，而是接着往前面走去。不知道过了多久，他的膝盖开始不听使唤了，这才察觉到，刚刚过去的这几个小时消耗了他太多的体力。于是，他找到一间曾经居住着开采矿石的工人的小木屋，这个小木屋就在峡谷的一个平旷的地上，他靠着边上坐着，下巴抵着前胸，不一会儿，他就迷迷糊糊地睡了起来。

　　他就这样停留了估计有1个小时左右，身体已经没有任何知觉了，那是一种感觉不到痛苦也没有什么希望的状态，只有缓缓流过的溪水的声音在耳边响起。脚下除了野草就是乱七八糟的石头，直到一阵突如其来的马蹄声和缠着防滑铁链后缓慢地从凹凸不平的山路上滚下的车轮声，惊醒了似睡非睡的他。一个念头突然闪过了他的脑海，他猛地把头一抬，这不就是那个年轻军官的马车吗，在那高高的驾驶位上，紧挨着车夫的人不正是那位肥胖而又忠贞的胖保姆吗？她的头上戴着一顶很大的草帽，帽檐上的那块蓝色的纱巾，刚好把眼下斜射到峡谷里的阳光给遮挡住了。艾伯哈特准备从地上跳起来就跑，用自己的两条腿就可以把她们丢在身后。但是在山地上，她们也许会落在他的后面，可是一到了地势平坦的地方，他就跑不过他们了。想到这里，他只好偷偷地从地面上爬了起来，朝着小木屋的门口跑了过去。"她们没有看到我，"他心里暗自想着，"就让她们去前面吧，反正也是不会被抓到的。可是她为什么不能让我走呢？"

他这么想着，带着满脸的羞涩和愧疚躲进了木屋，因为他觉得自己就像个流浪犯一样到处匿藏。在之前所有备受煎熬的日子里，他的心却从来没有像现在这样疼痛过。这一刻，他已经筋疲力尽了，只好不得不亲眼看这个他觉得不配享受这个福气的人，带着他失去的东西像得胜一样地从他面前走过。虽然他这样想着，却还是忍不住贴着板壁，小心翼翼地向外面张望着，想再看看那些可爱而亲切的面孔。

没过多久，她们就出现在了他面前，他已经能清楚地看到车里的人。正对面的角落里，有个睡着了的小女孩被披肩和毯子包裹着。露绮莉娅在她身边握着她的手，还不时地往车外搜寻着。可是，她的那位年轻的护卫者又去了哪里呢？"他应该会徒步跟上来的。"艾伯哈特想，"感谢上帝，她们都走了！现在好了！"

谁知道，马车忽然间来了个急刹车，车夫跳下了马车，走回去把车厢门给打开了。露绮莉娅匆匆地从车上跳下来了，直接对着小木屋走来。不久，她就来到了不知所措的艾伯哈特的跟前，脸颊上泛着微微的红晕。

"哦，亲爱的朋友，您这样做有什么用呢？"她每个字都在颤抖，"您不想见我们，但我们也可以来追您啊，一直追到您的避风港，然后，我们紧紧把您抓住，无论您如何反抗，我们真的非常需要您，失去您，我们不知道该怎么办……"

"上帝啊，到底是怎么了？"艾伯哈特大叫了起来，完全晕头晕脑地问，"难道是芙伦茨馨又突然……"

"芙伦茨馨正在睡觉呢，"美丽的露绮莉娅的声音很小，"尽管如此，我们还是离不开您，亲爱的朋友。而这一次，我这一次是以芙伦茨馨母亲的身份来找您的，是她自己要把她的小生命都交付与您！"

"露绮莉娅！"他失去控制地叫了出来，一把抓住了她递过来的手，把她拉进了小木屋，"我……我……我要怎么理解您才好呢？……您……您愿意了……您能够啦……"

"您得先原谅我，"她的脸又涨得通红，"我一刻也无法等待下去，您一离开我就打开了您的信，知道了所有的情况。然后我……当然，我还是得告诉您——我也是反复思量了很久的。最后，我才明白，如果就这样让您走了的话，我这后半辈子就不会再有安宁了。您是为了我而毁灭了自己的誓言，也是因为我，才会继续活着。为了回报您，我愿意把我的所有，当然也包括我自己，都交付与您。我曾经起誓要忠贞于他，可他这一辈子也是希望我可以得到幸福。我也很清楚，只要我现在把发生的事情都一五一十地告诉他，他也会同意我解除誓言的。我刚刚一想通这个道理，就无法再坐下去了。而我把这些真实的情况都告诉了我的堂弟，他心事重重地留在了旅店里。可是,他还是要我代替他与您握握手。'如果他可以带给您幸福,'他说,'那我就要试一试能否不恨他。'呃,我的朋友,在这样的情况下,您还有勇气吗？"

艾伯哈特的脚一软，就跪在了她的脚下，拉住了她的双手，脸颊已经深深地埋到了她裙子的褶皱里去了。他不知该说些什么，只能断断续续地不停地呼唤着她的名字。

"您这是怎么了？"她俯下身子温柔地说，"您得像个男子汉一样，成为我的支柱，我才应该仰望着您，我们最近相处的那段日子，我不都是一直这样做的吗？"

　　艾伯哈特费力地把身体支撑起来。

　　"原谅我吧，"艾柏哈特把她默默地搂在怀里，与她深情地吻了很久之后说，"我能够留在这里，完全是因为我的两条腿不愿意再支撑我了。在一天之内，莫大的痛苦和莫大的幸福同时相聚在一起，实在是多得无法计数。还好我的心脏很强壮，能够承受得起重新出现的快乐和希望。我们回到车上去吧！我现在就已经迫不及待地想亲亲我们的孩子啦！"

附录一　保尔·海泽年表

1830 年　保尔·海泽出生于柏林。父亲是著名语言学家卡尔·威廉·海泽，母亲则来自一个犹太家庭。祖父是文法方面的专家，海泽自小生长在书香门第。

1848 年　18 岁的海泽用《春天》这首韵文诗开启了自己的文学之路。

1849 年　海泽出版《青春之泉》这部小说，并完成了悲剧《弗朗西斯·达·里米尼》的创作。

1852 年　出版短篇小说《兄弟》。海泽在柏林获得博士学位之后，凭借奖学金在意大利游学，并学习了当地的文化。回国之后，在盖贝尔的推荐之下进入宫廷成为一名御用文人。

1853 年　出版短篇小说《骄傲的姑娘》。

1854 年　和玛格丽特·库格勒成婚，搬迁至慕尼黑。

1855 年　出版小说《马利翁》。

$\dfrac{1855}{1862}$ 年 出版了一部散文体小说，并成为这一类型的名家。

1858 年 发表小说《特雷庇姑娘》。

1859 年 出版《安德雷亚·德尔芬》《一位母亲的画像》。

1862 年 妻子过世，第二年娶了第二位妻子安娜·舒巴特，但是在几年之后，他与第二任妻子的孩子全部去世。这成为他一生最大的痛苦。

1865 年 出版戏剧《科尔伯格》和《哈德里恩》。

1868 年 发表小说《特雷维索的绣花女》。

1870 年 出版戏剧《理性女神》。

1872 年 出版长篇小说《人间孩童》。

1875 年 出版小说《尼瑞娜》与长篇小说《在天堂》。

1879 年 用三行体完成韵文小说《火怪》。

1892 年 出版三卷本小说《默林》。

1893 年 出版中篇小说《罗妮》。

1895 年 出版长篇小说《众峰之上》。

1901 年 出版小说《卡布利岛的婚礼》《坦特勒斯》。

1901 年 出版小说《妮荣》。

1904 年 出版《反潮流》。

1909 年 出版《维纳斯的诞生》。

1910 年 荣获爵位的头衔及诺贝尔文学奖，但其因身体状况没有去瑞典文学院参加颁奖仪式。

1914 年 4 月 2 日，海泽去世，享年 84 岁。

附录二 诺贝尔文学奖大系书目

1901 年	苏利·普吕多姆（法国）	《孤独与沉思》
1902 年	特奥多尔·蒙森（德国）	《罗马史》
1903 年	比昂斯滕·比昂松（挪威）	《挑战的手套》
1904 年	何塞·埃切加赖（西班牙）	《伟大的牵线人》
1904 年	弗雷德里克·米斯特拉尔（法国）	《米赫尔》
1905 年	亨利克·显克微支（波兰）	《你往何处去》
1906 年	乔苏埃·卡尔杜齐（意大利）	《青春的诗》
1907 年	拉迪亚德·吉卜林（英国）	《丛林故事》
1908 年	鲁道夫·奥伊肯（德国）	《人生的意义与价值》
1909 年	拉格洛夫（瑞典）	《尼尔斯骑鹅旅行记》
1910 年	保尔·海泽（德国）	《骄傲的姑娘》
1911 年	梅特林克（比利时）	《青鸟》
1912 年	霍普特曼（德国）	《织工》
1913 年	泰戈尔（印度）	《新月集·飞鸟集》
1915 年	罗曼·罗兰（法国）	《约翰·克利斯朵夫》
1916 年	海顿斯坦姆（瑞典）	《查理国王的人马》
1917 年	彭托皮丹（丹麦）	《天国》
1917 年	耶勒鲁普（丹麦）	《明娜》
1919 年	卡尔·施皮特勒（瑞士）	《伊玛果》
1920 年	汉姆生（挪威）	《大地的成长》
1921 年	法朗士（法国）	《泰绮思》
1922 年	贝纳文特（西班牙）	《不该爱的女人》

1923 年   叶芝（爱尔兰）   《当你老了》

1924 年   莱蒙特（波兰）   《农夫》

1925 年   萧伯纳（爱尔兰）   《圣女贞德》

1926 年   黛莱达（意大利）   《邪恶之路》

1927 年   亨利·柏格森（法国）   《创造进化论》

1928 年   温塞特（挪威）   《新娘·女主人·十字架》

1929 年   托马斯·曼（德国）   《布登勃洛克一家》

1930 年   辛克莱·刘易斯（美国）   《巴比特》

1931 年   埃里克·卡尔费尔德（瑞典）   《荒原与爱情》

1932 年   约翰·高尔斯华绥（英国）   《福尔赛世家》

1933 年   伊凡·亚历克塞维奇·蒲宁（俄罗斯）   《阿尔谢尼耶夫的一生》

1934 年   路易吉·皮兰德娄（意大利）   《六个寻找剧作家的角色》

1936 年   尤金·奥尼尔（美国）   《进入黑夜的漫长旅程》

1937 年   马丁·杜·加尔（法国）   《蒂博一家》

1944 年   约翰内斯·延森（丹麦）   《希默兰的故事》

1945 年   加夫列拉·米斯特拉尔（智利）   《葡萄压榨机》

1946 年   赫尔曼·黑塞（瑞士）   《荒原狼》

1947 年   安德烈·纪德（法国）   《窄门》

1949 年   威廉·福克纳（美国）   《喧哗与骚动》

1954 年   海明威（美国）   《永别了，武器》

1956 年   希梅内斯（西班牙）   《小毛驴与我》

1957 年   加缪（法国）   《局外人》

1958 年   帕斯捷尔纳克（苏联）   《日瓦戈医生》